PAIXÃO CRÔNICA

101 crônicas sobre:
Amor e dor • Sexo • Homens, mulheres e assemelhados

Livros da autora pela **L&PM** EDITORES:

Topless (1997) – Crônicas
Poesia reunida (1998) – Poesia
Trem-bala (1999) – Crônicas
Non-stop (2000) – Crônicas
Cartas extraviadas e outros poemas (2000) – Poesia
Montanha-russa (2003) – Crônicas
Coisas da vida (2005) – Crônicas
Doidas e santas (2008) – Crônicas
Feliz por nada (2011) – Crônicas
Noite em claro (2012) – Novela
Um lugar na janela (2012) – Crônicas de viagem
A graça da coisa (2013) – Crônicas
Martha Medeiros: 3 em 1 (2013) – Crônicas
Felicidade crônica (2014) – Crônicas
Liberdade crônica (2014) – Crônicas
Paixão crônica (2014) – Crônicas
Simples assim (2015) – Crônicas
Um lugar na janela 2 (2016) – Crônicas de viagem
Quem diria que viver ia dar nisso (2018) – Crônicas
Divã (2018) – Romance
Fora de mim (2018) – Romance

Martha Medeiros

101 crônicas sobre:
Amor e dor • Sexo • Homens, mulheres e assemelhados

11ª EDIÇÃO

Texto de acordo com a nova ortografia.

As crônicas deste volume foram anteriormente publicadas nos livros *Geração bivolt, Topless, Trem-bala, Non-stop, Montanha-russa, Coisas da vida, Doidas e santas, Feliz por nada* e *A graça da coisa.*

1ª edição: julho de 2014
11ª edição: maio de 2019

Capa: Marco Cena
Revisão: L&PM Editores

CIP-Brasil. Catalogação na fonte
Sindicato Nacional dos Editores de Livros, RJ

M44p

Medeiros, Martha, 1961-
    Paixão crônica / Martha Medeiros. – 11. ed. – Porto Alegre, RS: L&PM, 2019.
    248 p. : il. ; 21 cm.

    ISBN 978.85.254.3150-9

    1. Crônica brasileira. I. Título.

14-13681   CDD: 869.98
                         CDU: 821.134.3(81)-8

© Martha Medeiros, 2014

Todos os direitos desta edição reservados a L&PM Editores
Rua Comendador Coruja, 314, loja 9 – Floresta – 90.220-180
Porto Alegre – RS – Brasil / Fone: 51.3225.5777

Pedidos & Depto. Comercial: vendas@lpm.com.br
Fale conosco: info@lpm.com.br
www.lpm.com.br

Impresso no Brasil
Outono de 2019

Apresentação

No dia 8 de julho de 1994, um domingo, o jornal *Zero Hora*, de Porto Alegre, publicou meu primeiro texto, uma colaboração avulsa, única, sem vínculo. Naquele texto, lembro bem, eu comentava sobre as declarações de algumas atrizes famosas sobre seu desejo de casarem virgens, e a exploração que a mídia andava fazendo disso como uma tendência de comportamento, uma nova moda – vintage, por certo. Hoje penso: o que eu tinha a ver com o assunto? Nada, mas expressei minha opinião a respeito, e por terem chegado à redação algumas cartas elogiosas ao meu posicionamento e ao meu jeito de escrever o jornal me pediu outro texto para o domingo seguinte. E mais outro. E outros tantos. Sem nunca antes ter sido colunista (a não ser por algumas poucas crônicas publicadas na extinta revista *Wonderful*), vi de repente meu nome estampado no alto de uma página: havia conquistado um espaço fixo. Assim, no mais.

Naquela época, eu ainda fazia uns frilas como publicitária, atividade que havia exercido por mais de dez anos como redatora e diretora de criação. Não estava segura de que escrever em jornal fosse me dar o mesmo sustento, mas o que eu nem imaginava aconteceu: os leitores continuaram me acompanhando e fui convidada a escrever não apenas aos domingos, mas às quartas-feiras também.

Tomei gosto pela coisa, desisti de vez da publicidade (à qual sou grata, não foi um tempo desperdiçado) e passei a me dedicar exclusivamente ao meu *home office* – luxo dos luxos.

Animada pela reviravolta profissional da minha vida, passei a me testar em outros gêneros, como a ficção, e acabei lançando um romance chamado *Divã*, que levou meu nome para além das fronteiras do Rio Grande do Sul. Logo, o jornal O *Globo* me convidava para ser colunista também, e aí tudo ficou ainda mais sedimentado. Eu havia alcançado um sonho que nem sei se era meu, mas sei que ainda é o de muitos: viver de escrever.

O fato de tudo ter se dado assim, sem um planejamento prévio e definido, ajudou a formatar meu estilo. Por jamais ter tido o jornalismo como meta, me senti solta e descompromissada no exercício da nova função, o que colaborou para eu escrever textos livres de qualquer cobrança interna, com um frescor natural, sem a cilada de me levar demasiadamente a sério.

Mais adiante, já com algumas coletâneas publicadas e um nome a zelar, desconfio de que me tornei mais "responsável", mas nunca perdi o sentimento de que escrever é, antes de tudo, uma aventura e uma sorte – minhas ideias, tão longe de serem verdades absolutas, encontraram sintonia com as ideias dos leitores, permitindo que refletíssemos juntos sobre o mundo que está aí.

Lá se vão vinte anos, e revendo o que produzi nestas duas últimas décadas, fica evidente a minha inclinação em defender pontos de vista menos estressados, mais condescendentes com o que não temos controle, e também a minha busca por vias simplificadas a fim de não sobrecarregar o cotidiano. As capas das três antologias (*Paixão crônica, Felicidade crônica* e *Liberdade crônica*) traduzem esse espírito anárquico diante do que é tão caro a todos nós: justamente a paixão, a felicidade e a liberdade. Temas complexos, difíceis, mas que nem por isso precisam ser tratados com sisudez.

Portanto, depois de selecionar junto com a editora alguns dos textos mais representativos dessa longa experiência (ainda considero uma experiência), é com alegria que comemoro com você o resultado de um trabalho que me estimula a aliviar mais do que pesar e a rir mais do que lamentar – enfim, o resultado da minha insistência crônica em me posicionar a favor do vento.

Martha Medeiros

Sumário

Amor e dor

Casamento, lado A e lado B 15
Não basta amar 18
Prova de amizade 20
Casamento na igreja 22
A idade de casar 24
A dor que dói mais 26
A necessidade e o acaso 28
O homem e a mulher da sua vida 30
A necessidade de desejar 32
O tempo perdoa tudo 34
O amor em estado bruto 36
A dor dos outros e a nossa 38
Crônica do incompreensível 40
Jazz e ternura 42
Icebergs 44
Eu te amo 46
Os perigos da paixão 48
A fita métrica do amor 50
Amores apertados 52
Sentir-se amado 54
Amor e perseguição 56
Leasing de amor 58
Borboletas 60

Do mês que vem não passa... 62
Mesmo assim... 64
Casamento pega 66
Jeitos de amar... 68
O sentido da vida 70
Apaixonados 72
A separação como um ato de amor 74
Ainda sobre separação 77
Um lugar para chorar 80
Mãos dadas no cinema 82
Travessuras 85
Prisioneiros do amor livre 87
Amo você quando não é você.................................... 90
Jogo de cena.. 93
Diferença de necessidades 95
Absolvendo o amor... 98
Dentro de um abraço... 101
O amor que a vida traz 103
Achamos que sabemos... 105
Condição de entrega 107
Contigo e sentigo 110
Veteranos de guerra 113
Amor? 115
Carla Bruni e o rock'n'roll....................................... 117
Quando menos se espera 119
Vidas secas.. 121
Construção 123
De onde surgem os amores 125
Corpo interditado 128
A melhor versão de nós mesmos............................. 131

Dialogando com a dor 133
O amor mais que romântico 136

Sexo

A primeira noite de uma mulher 141
O sexo natural 144
Sexo nas alturas 146
Procura-se orgasmo 148
Sacanagem 150
Sala de espera 152
Igualdade sexual 154
Falhar na cama 156
Quantos antes de mim? 158
Orgasmatron 160
Tarde demais, nascemos 162
Beijo em pé 164

Homens, mulheres e assemelhados

Quanto vale um ex 169
Dia Internacional do Homem 172
Sargentos e soldados 174
O que quer uma mulher 177
Mulher de um homem só 180
Mamãe Noel 182
Democracia sexual 184
A mulher e a patroa 186
A imaginação 188
Todo homem tem duas mães 190
As pequenas maldades 192

A pior hora para falar disso 194
O homem de roupão 196
Futebolzinho 198
Far away.. 200
Dia e noite 202
A moça do carro azul 204
Falar 206
Terapia do amor.. 209
O cara do outro lado da rua 212
Eu, você e todos nós 215
Qualquer um... 218
Nenhuma mulher é fantasma.................... 220
As verdadeiras mulheres felizes................ 222
Um cara difícil... 225
Em que você está pensando? 228
O amor, um anseio 230
Ser feliz ou ser livre 233
Nadir, Eurípedes e Yuri 235
Sustento feminino..................................... 237
Fidelidade feminina 239
A mulher e o GPS...................................... 241
Briga de rua 243
Apegos 246

Amor e dor

Casamento, lado A e lado B

Casamento é um assunto que seduz por dois motivos simples: porque casamento é ótimo e porque casamento é péssimo, e são justamente esses dois lados da moeda que atraem tanto as pessoas.

Casamento é ótimo porque nos sentimos amados, seguros, porque ganhamos status social, porque temos sexo a hora que bem entendermos (em tese), porque temos filhos, porque temos companhia para viajar, porque não precisamos fingir ser o que não somos, porque na hora de ir ao cinema um estaciona o carro enquanto o outro vai para a fila da bilheteria e, principalmente, porque ninguém consegue devorar uma pizza sozinho. Casamento é matemática: podemos dividir, somar, multiplicar e subtrair. É aí, na subtração, que o casamento pode ser uma chatice.

Casamento é chato porque você vai passar o resto da vida transando com a mesma pessoa (em tese), porque o fantasma da rotina paira sobre nossas cabeças, porque passamos a ter mais responsabilidades e isso impede de jogarmos tudo para o alto e ir estudar teatro em Nova York, porque a solidão, afinal de contas, até que não é má companhia e as pizzarias, quem diria, entregam pizza brotinho.

Ainda assim, com seu lado bom e seu lado ruim, acho que a geração que está casando agora tem mais chances de ser feliz do que tiveram os casais que estão comemorando bodas de ouro. Os casamentos atuais estão deixando, aos poucos, de ser um contrato formal e estão se transformando em ritos de passagem mais espontâneos e emocionais. Hoje se casa mais por amor do que antigamente, e o número crescente de divórcios não me desmente, ao contrário, reforça a minha crença, por mais contraditório que possa parecer. Antes as pessoas casavam porque era uma tradição inquestionável, e não raro os próprios pais escolhiam os noivos para seus filhos: o coração não era convocado a depor. Assim sendo, todo casamento dava certo dentro de um molde errado, e ninguém se separava. Arranjava-se um amante e seguia-se em frente. Hoje as separações aumentaram porque ninguém mais suporta a ideia de não ser feliz. Porque ninguém quer saber de viver de mentirinha. Porque tempo virou artigo de luxo e não pode ser desperdiçado. Se o casamento foi bom durante cinco, dez anos, e agora não é mais: boa noite, amor. A vida está chamando lá fora. O casamento não está em desuso. O que está em desuso é a hipocrisia.

O fato da mulher entrar no mercado de trabalho e ganhar seu próprio dinheiro também ajudou os novos casais: tirou do marido o papel de pai e patrão e o transformou no que ele é de fato, um homem para se compartilhar a vida, não alguém a quem devemos nossa sobrevivência e, por causa disso, obediência. Ninguém disse que seria fácil trabalhar fora, cuidar da casa e dos filhos, mas é o preço a pagar pela nossa independência. Casamento não é emprego.

O que é casamento, então? Uma experiência que pode ser doce e cruel, eterna e passageira, bem-humorada e maquiavélica, tudo ao mesmo tempo. Como o mar, está sujeito a calmarias e tempestades. Como um disco, tem faixas ótimas e outras nem tanto. Como tudo na vida, é preciso experimentar, nem que seja para não gostar.

Outubro de 1996

Não basta amar

Por mais que o poder e o dinheiro tenham conquistado uma ótima posição no ranking das virtudes, o amor ainda lidera com folga. Tudo o que todos querem é amar. Encontrar alguém que faça bater forte o coração e que justifique loucuras. Que nos faça entrar em transe, cair de quatro, babar na gravata. Que nos faça revirar os olhos, rir à toa, cantarolar dentro de um ônibus lotado. Tem algum médico aí?

Depois que acaba essa paixão retumbante, sobra o quê? O amor. Mas não o amor mitificado, que muitos julgam ter o poder de fazer levitar. O que sobra é o amor que todos conhecemos: o sentimento que temos por mãe, pai, irmãos, filhos e amigos. É tudo o mesmo amor, só que entre amantes existe sexo. Não existem vários tipos de amor, assim como não existem três tipos de saudade, quatro de ódio, seis espécies de inveja. O amor é único, como qualquer sentimento, seja ele destinado a familiares, ao cônjuge ou a Deus. A diferença é que, como entre marido e mulher não há laços de sangue, a sedução tem que ser ininterrupta. Por não haver nenhuma garantia de durabilidade, qualquer alteração no tom de voz nos fragiliza, e de cobrança em cobrança acabamos por sepultar uma relação que poderia ser eterna.

Casaram. Te amo para lá, te amo para cá. Lindo, mas insustentável. O sucesso de um casamento exige mais do que declarações românticas. Entre duas pessoas que resolvem dividir o mesmo teto tem que haver muito mais que amor, e às vezes nem necessita um amor tão intenso. É preciso que haja, antes de mais nada, respeito. Agressões zero. Disposição para ouvir argumentos alheios. Alguma paciência. Amor, só, não basta.

Não pode haver competição. Nem comparações. Tem que ter jogo de cintura para acatar regras que não foram previamente combinadas. Tem que haver bom humor para enfrentar imprevistos, acessos de carência, infantilidades. Tem que saber relevar. Amar, só, é pouco.

Tem que haver inteligência. Um cérebro programado para enfrentar tensões pré-menstruais, rejeições, demissões inesperadas, contas pra pagar. Tem que ter disciplina para educar filhos, dar exemplo, não gritar. Tem que ter um bom psiquiatra. Não adianta, apenas, amar.

Entre casais que se unem visando a longevidade do matrimônio tem que haver um pouco de silêncio, amigos de infância, vida própria, independência, um tempo para cada um. Tem que haver confiança. Uma certa camaradagem: às vezes fingir que não viu, fazer de conta que não escutou. É preciso entender que união não significa, necessariamente, fusão. E que amar, solamente, não basta.

Entre homens e mulheres que acham que amor é só poesia tem que haver discernimento, pé no chão, racionalidade. Tem que saber que o amor pode ser bom, pode durar para sempre, mas que sozinho não dá conta do recado. O amor é grande mas não é dois. É preciso convocar uma turma de sentimentos para amparar esse amor que carrega o ônus da onipotência. O amor até pode nos bastar, mas ele próprio não se basta.

Novembro de 1997

Prova de amizade

A amizade feminina sempre gerou controvérsias. Tem gente que acha que mulher é mais fiel do que o homem em tudo, inclusive em relação às amigas. E há os que acreditam que não existe amizade feminina, que elas são o que se chama de inimigas íntimas. É uma discussão antiga que até hoje permanece inconclusa. Somos amigas ou concorrentes? Qual é a maior prova de amizade que uma amiga pode dar? Muitas respondem: não esconder nada, nem mesmo se vir o marido da amiga com outra. Tem que contar.

Mas eu não conto. Nunca testemunhei um adultério, mas se vir, não conto. E é por deixar clara essa minha posição que muitas amigas me olham enviesado, questionando minha amizade. Sorry, gurias, não conto.

Você está num restaurante badalado e encontra o marido da sua melhor amiga num papo animado com uma morena decotada até o umbigo. Não conto. Se ele escolheu um local tão frequentado, não deve ter nada a esconder, é uma cliente, uma cunhada, a irmã dele que mora em Minas. Mas e se ele escolheu este restaurante justamente para não levantar suspeitas? Sou péssima em charadas. Não conto e fim.

Você para num boteco de estrada quando dá de cara com o namorado da sua amiga no maior amasso com a garçonete. Não conto. E se ele terminou com sua amiga ontem à noite e você não ficou sabendo? E se essa for a verdadeira esposa dele e sua amiga é que é a outra? E se for um irmão gêmeo? Não conto.

Você está parada no sinal quando vê o carro do marido da sua melhor amiga saindo de um motel. Você conhece a marca, você sabe a placa, o carro é dele. Nem um pio. E se ele tiver emprestado o carro? E se tiverem roubado? E se ele estiver com a própria? Ou com um homem? Não sou louca de meter a mão nessa cumbuca.

Você está numa festa quando lhe apresentam Bia, 13 anos, fruto de um caso extraconjugal do marido da sua prima, que no altar jurou odiar crianças e a fez aposentar a ideia de ser mãe. É um cretino, mas não conto. E se sua prima sabe de tudo e não quer comentários? E se for calúnia? Fizeram teste de DNA? Então não conto.

Seu marido chega alegrinho do bar e dá o serviço: entrega todas as sacanagens que o melhor amigo dele apronta, cuja vítima é sua grande amiga de infância. Você trai a confiança do seu marido e conta tudo para ela? Não conto. E se o cara estava blefando e o seu marido, alcoolizado, não percebeu? E se foram só casos passageiros e ele for apaixonado de verdade por sua amiga? E se ela também não for santa? Boquinha fechada.

Qual o castigo que eu mereço? Também não me contem nada.

Abril de 1998

Casamento na igreja

Tem gente que acha careta, tem gente que acha um luxo. A verdade é que ninguém é indiferente a uma cerimônia de casamento realizada na igreja, com direito a tapete vermelho, marcha nupcial, véu e grinalda. A maioria das garotas sonha com esse momento, o de ser entregue ao noivo pelas mãos do pai e de vestido branco, mesmo que essa simbologia tenha perdido o significado. Os futuros cônjuges podem estar dividindo o mesmo teto há anos e até ter um filhinho, quem se importa? A verdade é que casamento na igreja é um rito de passagem, um momento de bênção e de satisfação à família, aos amigos e à sociedade. O amor pode prescindir desse ritual todo, mas um pouco de mise-en-scène não faz mal a ninguém.

Já que o casal optou pelo sacramento do matrimônio e quer fazê-lo diante de Deus, o mais seguro é não inovar. Nada de entrar na igreja sob os acordes da trilha sonora do Titanic, casar de roxo e decorar a igreja com cactus. Você não está numa passarela do Dolce & Gabbana, está na capelinha da sua paróquia: Mendelssohn, velas, lírios e uma boa Ave-Maria na saída, quer coisa mais chique e inatacável?

Se eu tivesse casado na igreja seria a mais convencional das noivas. Só uma coisa eu tentaria mudar, ainda que recebesse um sonoro não: o sermão do padre.

"Promete ser fiel na alegria e na tristeza, na saúde e na doença, amando-lhe e respeitando-lhe até que a morte os separe?" Bonito, mas dramático demais. Os noivos saem da igreja com uma argola de ouro no dedo e uma bola de chumbo nos pés. Seria mais alegre e romântico um discurso assim:

Ela: "Prometo nunca sair da cama sem antes dar bom-dia, deixar você ver seu futebol na tevê sem reclamar, ter paciência para ouvir você falar dos problemas do escritório, ter arroz e feijão todo dia no cardápio, acompanhar você nas caminhadas matinais de sábado, deixá-lo em silêncio quando estiver de mau humor, dançar só pra você, fazer massagens quando você estiver cansado, rir das suas piadas, apoiá-lo nas suas decisões e tirar o batom antes de ser beijada".

Ele: "Prometo deixar você sentar na janelinha do avião, emprestar aquele blusão que você adora, não reclamar quando você ficar 40 minutos no telefone com uma amiga, provar suas receitas tailandesas, abrir um champanhe todo final de tarde de domingo, assistir junto ao capítulo final da novela, ouvir seus argumentos, respeitar sua sensibilidade, não ter vergonha de chorar na sua frente, dividir vitórias e derrotas e passar todos os Natais ao seu lado".

Sim, sim, sim!!!

Maio de 1998

A idade de casar

O amor pode surgir de repente, em qualquer etapa da vida, é o que todos os livros, filmes, novelas, crônicas e poemas nos fazem crer. É a pura verdade. O amor não marca hora, surge quando menos se espera. No entanto, a sociedade cobra que todos, homens e mulheres, definam seus pares por volta dos 25 e 35 anos. É a chamada idade de casar. Faça uma enquete: a maioria das pessoas casa dentro dessa faixa etária, o que de certo modo é uma vitória, se lembrarmos que antigamente casava-se antes dos 18. Porém, não deixa de ser suspeito que tanta gente tenha encontrado o verdadeiro amor na mesma época.

O grande amor pode surgir aos 15 anos. Um sentimento forte, irracional, com chances de durar para sempre. Mas aos 15 ainda estamos estudando. Não somos independentes, não podemos alugar um imóvel, dirigir um carro, viajar sem o consentimento dos pais. Aos 15 somos inexperientes, imaturos, temos muito o que aprender. Resultado: esse grande amor poderá ser vivido com pressa e sem dedicação, e terminar pela urgência de se querer viver os outros amores que o futuro nos reserva.

O grande amor pode, por outro lado, surgir só aos 50 anos. Você aguardará por ele? Aos 50 você espera já ter feito todas as escolhas, ter viajado pelo mundo e conhecido toda espécie de gente, ter uma carreira sedimentada e histórias para contar. Aos 50 você terá mais passado do que futuro, terá mais bagagem de vida do que sonhos de adolescente. Resultado: o grande amor poderá encontrá-lo casado e cheio de filhos, e você, acomodado, terá pouca disposição para assumi-lo e começar tudo de novo.

Entre os 25 e 35 anos, o namorado ou namorada que estiver no posto pode virar nosso grande amor por uma questão de conveniência. É a idade em que cansamos de pular de galho em galho e começamos a considerar a hipótese de formar uma família. É quando temos cada vez menos amigos solteiros. É quando começamos a ganhar um salário mais decente e nosso organismo está a ponto de bala para gerar filhos. É quando nossos pais costumam cobrar genros, noras e netos. Uma marcação cerrada que nos torna mais tolerantes com os candidatos a cônjuge e que nos faz usar a razão tanto quanto a emoção. Alguns têm a sorte de encontrar seu grande amor no momento adequado. Outros resistem às pressões sociais e não trocam seu grande amor por outros planos, vivem o que há para ser vivido, não importa se cedo ou tarde demais. Mas grande parte da população dança conforme a música. Um pequeno amor, surgido entre os 25 e 35 anos, tem tudo para virar um grande amor. Um grande amor, surgido em outras faixas etárias, tem tudo para virar uma fantasia.

Junho de 1998

A dor que dói mais

Trancar o dedo numa porta dói. Bater com o queixo no chão dói. Torcer o tornozelo dói. Um tapa, um soco, um pontapé, doem. Dói bater a cabeça na quina da mesa, dói morder a língua, dói cólica, cárie e pedra no rim. Mas o que mais dói é saudade.

Saudade de um irmão que mora longe. Saudade de uma cachoeira da infância. Saudade do gosto de uma fruta que não se encontra mais. Saudade do pai que já morreu. Saudade de um amigo imaginário que nunca existiu. Saudade de uma cidade. Saudade da gente mesmo, quando tínhamos mais audácia e menos cabelos brancos. Doem essas saudades todas.

Mas a saudade mais dolorida é a saudade de quem se ama. Saudade da pele, do cheiro, dos beijos. Saudade da presença, e até da ausência consentida. Você podia ficar na sala e ele no quarto, sem se verem, mas sabiam-se lá. Você podia ir para o aeroporto e ele para o dentista, mas sabiam-se onde. Você podia ficar o dia sem vê-lo, ele o dia sem vê-la, mas sabiam-se amanhã. Mas quando o amor de um acaba, ao outro sobra uma saudade que ninguém sabe como deter.

Saudade é não saber. Não saber mais se ele continua se gripando no inverno. Não saber mais se ela continua pintando o cabelo de vermelho. Não saber se ele ainda usa a camisa que você deu. Não saber se ela foi na consulta com o dermatologista como prometeu. Não saber se ele tem comido churrasco todo domingo, se ela tem assistido às aulas de inglês, se ele aprendeu a lidar com a Internet, se ela aprendeu a estacionar entre dois carros, se ele continua fumando Carlton, se ela continua preferindo Pepsi, se ele continua sorrindo, se ela continua dançando, se ele continua pescando, se ela continua lhe amando.

Saudade é não saber. Não saber o que fazer com os dias que ficaram mais compridos, não saber como encontrar tarefas que lhe cessem o pensamento, não saber como frear as lágrimas diante de uma música, não saber como vencer a dor de um silêncio que nada preenche.

Saudade é não querer saber. Não querer saber se ele está com outra, se ela está feliz, se ele está mais magro, se ela está mais bela. Saudade é nunca mais querer saber de quem se ama e, ainda assim, doer.

Julho de 1998

A necessidade e o acaso

Lendo as mensagens deixadas pelos leitores da coluna que escrevo para o site Almas Gêmeas, do Terra, fui atingida por uma pergunta à queima-roupa: a necessidade cria o amor ou ele existe? A questão é delicada e conduz a uma resposta que confunde mais do que explica. Sim, o amor existe. Sim, a necessidade cria o amor.

Na verdade, fomos condicionados pela sociedade e seus contos de fadas a acreditar que o amor é uma coisa que acontece quando menos se espera, que domina nosso coração, que interrompe nossos neurônios e nos captura para uma vida de palpitações, suspiros e lágrimas. Que o amor não tem idade, não tem hora para chegar, não tem escapatória. Que o amor é lindo, poderoso e absoluto, que vence todos os preconceitos, que vence a nossa resistência e ceticismo, que é transformador e vital. Esse amor existe e ai de quem se atrever a questioná-lo, avisam os deuses lá em cima.

Rendo-me. Esse amor existe mesmo, é invasivo e muitas vezes perverso, mas também pode ser discreto, sereno e indolor. Costuma acontecer ao menos uma vez na vida de todo ser humano, ou pode acontecer todo final de semana, se for o caso de um coração insaciável. Mas também pode acontecer nunquinha, e aí a outra verdade impera.

Sim, a necessidade também cria o amor. A pessoa nasce idealizando um parceiro para dividir o jantar e as agruras, a cama e as contas, os pensamentos e os filhos. Passam-se os anos e esse amor não sinaliza, não se apresenta, e o relógio segue marcando as horas, lembrando que o tempo voa. Então o solitário começa a amar menos a si mesmo pelo pouco alvoroço que provoca à sua volta, e a baixa autoestima impede a passagem de quem quer se aproximar. É um círculo vicioso que não chega a ser raro. Qual a saída: assumir a solidão ou usar a imaginação?

O nosso amor a gente inventa, cantou Cazuza. A necessidade faz quem é feio parecer um deus, quem é tímido parecer um sábio, quem é louco parecer um gênio. A necessidade nos torna menos críticos, mais tolerantes, menos exigentes, mais criativos. A necessidade encontra sinônimos para o amor: amizade, atração, afinidade, destino, ocasião. A necessidade nos torna condescendentes, bem-humorados, otimistas. Se a sorte não acenou com um amor caído dos céus, ao menos temos afeto de sobra e bom poder de adaptação: elegemos como grande amor um amor de tamanho médio. O coração também sobrevive com paixões inventadas, e não raro essas paixões surpreendem o inventor.

O amor pode ser casual ou intencional. Se nos faz feliz, é amor igual.

Outubro de 1998

O homem e a mulher da sua vida

Minha cara-metade. O outro pedaço da minha laranja. O amor da minha vida. É assim que eles costumam se apresentar. Patrícia é a mulher da minha vida. Ricardo é o homem da minha vida. Juntos há 25 anos. Não é uma sorte Patrícia e Ricardo terem nascido no mesmo século, no mesmo país, na mesma cidade?

Há muitos casais bacanas compostos por parceiros que parecem mesmo terem sido feitos uns para os outros. Mas se for verdade essa história de que existe alguém predestinado para ser nosso e nos fazer feliz, não seria uma tremenda coincidência o fato de, entre os bilhões de habitantes da Terra, termos cruzado com ele justo na casa da nossa prima?

Costumamos chamar de "homem da minha vida" ou "mulher da minha vida" o nosso primeiro amor, ou o primeiro amor que deu certo, a pessoa que, entre todas as que a gente namorou, melhor nos entendeu, mais nos completou. É o principal amor de uma vida restrita a uma única cidade, vivida no mesmo bairro, frequentando as mesmas ruas e o mesmo clube. Um amor pinçado de uma pequena amostra do universo. Mas se tivéssemos acesso ao universo inteiro, seria esse o amor eleito?

O homem da sua vida pode estar em Macau, em Helsinque ou em Fernando de Noronha, fazendo mergulho submarino. O homem da sua vida pode ter nascido em 1886 e não estar mais entre nós. O homem da sua vida pode ser um economista, um guia turístico, um corredor de maratona. Pode ser um artista gráfico canadense de 49 anos que ainda está solteiro porque sente, dentro do peito, que ainda não conheceu a mulher da vida dele, que é você, que mora em Jericoacoara, tem 24 anos, está noiva do Zé e nem morta coloca os pés num avião.

A mulher da sua vida tanto pode ser uma cabeleireira da Baixada Fluminense como pode ser a Michelle Pfeiffer. Como você vai saber, se não conhece uma nem outra? A mulher da sua vida pode estar ainda na barriga da mãe. Pior: pode ser essa mãe, grávida de um guitarrista que nem sonha que você está de olho na mulher dele.

Basta de fantasia. A mulher e o homem da nossa vida é quem está à mão e nos arrebata, mas uma pulga atrás da orelha volta e meia nos faz pensar: alguém, em algum ponto do planeta, ainda estará a nossa espera?

Outubro de 1998

A necessidade de desejar

Todos sentem necessidade de amar, e esta necessidade geralmente é satisfeita quando encontramos o objeto do nosso amor e com ele mantemos uma relação frequente e feliz.

Pois bem. Enquanto vamos juntinhos à feira escolher frutas e verduras, enquanto mandamos consertar a infiltração do banheiro e enquanto vemos televisão sentados lado a lado no sofá, o que fazemos com nossa necessidade de desejar?

Lendo o escritor suíço Alain de Botton, deparei-me com essa questão: amor e desejo podem ser conciliáveis no início de uma relação, mas despedem-se ao longo do convívio. Só por um milagre você vai ouvir seu coração batendo acelerado ao ver seu marido chegando do trabalho, depois de vê-lo fazendo a mesma coisa há dez, quinze, vinte anos. Ao ouvir a voz dela no telefone, você também não sentirá nenhum friozinho na barriga, ainda mais se o que ela tem para dizer é "não chegue tarde hoje que vamos jantar na mamãe". Você ama o seu namorado, você ama a sua mulher. Mais que isso: você os tem. Mas a gente só deseja aquilo que não tem.

O problema da infidelidade passa por aqui. Muitos acreditam que a pessoa que foi infiel não ama mais seu parceiro: não é verdade. Ama e tem atração física, inclusive, mas não consegue mais desejá-lo, porque já o tem. Fica então aquele vácuo, aquela lacuna, aquela maldita vontade de novamente desejar alguém e ser desejado, o que só é possível entre pessoas que ainda não se conquistaram.

Não é preciso arranjar um amante para resolver o problema. Há recursos outros: flertes virtuais, fantasias eróticas, paqueras inconsequentes. Tem muita gente disposta a entrar nesse jogo sem se envolver, sem colocar em risco o amor conquistado, porque sabe que a troca não compensa. Amor é joia rara, o resto é diversão. Mas uma diversão que precisa ter seu espaço, até para salvar o amor do cansaço.

Necessidade de amar X necessidade de desejar. Os românticos recusam-se a reconhecer as diferenças entre uma e outra. Os galinhas agarram-se a essa justificativa. E os moderados tratam de administrar essa arapuca.

Fevereiro de 1999

O tempo perdoa tudo

Se alguém mata uma pessoa e consegue escapar da polícia, mantendo-se fora do alcance da lei por um longo período, o crime prescreve. Vinte anos depois do delito cometido, fica extinguida a punibilidade do criminoso, já que o Estado não o julgou e condenou em tempo hábil. Agora pense bem: se até a Justiça admite que depois de os ânimos serenarem ninguém precisa mais de castigo, talvez a gente também devesse suspender a pena daqueles que cometeram crimes contra o nosso coração.

Mágoas entre pais e filhos, por exemplo. Não tem nada mais complicado do que família, você sabe. Amor à parte, os desentendimentos são generalizados, e às vezes uma frustração infantil segue perturbando a gente até a idade adulta. Seu pai nunca lhe deu um abraço? É um crime fazer isso com uma criança, mas é preciso prescrevê-lo. Vinte anos depois, não dá para continuar usando essa justificativa para explicar por que você usa drogas ou por que não consegue ser afetuoso com os outros. Cresça e perdoe.

Você jurou que nunca mais iria falar com aquele seu amigo que lhe dedurou no colégio? Eu também acho que dedurragem é falta de caráter, e você teve toda a razão de ficar danado da vida. Mas quanto tempo faz isso? O cara agora está jogando futebol no seu time, tem sido um companheirão, e você segue não baixando a guarda por causa daquela molecagem do passado. Releve e chame o ex-inimigo para tomar uma cerveja, por conta dos novos tempos.

Dureza, agora: ele foi o amor da sua vida. Chegaram a noivar. Você já estava comprando o enxoval quando o cara terminou tudo. Por telefone. Não deu explicação: rompeu e desligou. Na semana seguinte foi visto enrabichado numa bisca. Você deseja ardentemente que ambos caiam em uma piscina lotada de piranhas famintas. Apoiado. Mas faz quanto tempo isso? Você casou, ele casou, aquela bisca não durou nem duas semanas. Por que ainda fingir que não o vê quando se encontram num restaurante? É bandeira demais ficar tanto tempo magoada. E a tal da superioridade, onde anda? Dê um abaninho pra ele.

Se quem estrangula e degola recebe o perdão da sociedade depois de duas décadas, os pequenos criminosos do cotidiano também merecem que a passagem do tempo atenue seus delitos. Não cultive rancor. Se não quiser mais conviver com quem lhe fez mal, não conviva, mas não fique até hoje armando estratégias de vingança. Perdoe. Vinte anos depois, bem entendido.

Dezembro de 1999

O amor em estado bruto

O que é, o que é? Faz você ter olhos para uma única pessoa, faz você não precisar mais sair sozinho, faz você querer trocar de sobrenome, faz você querer morar sob o mesmo teto. Errou. Não é amor.

Todo mundo se pergunta o que é o amor. Há quem diga que ele nem existe, que é na verdade uma necessidade supérflua criada por um estupendo planejamento de marketing: desde crianças somos condicionados a eleger um príncipe ou princesa e com eles viver até que a morte nos separe. Assim, a sociedade se organiza, a economia prospera e o mundo não foge do controle.

O parágrafo anterior responde ao primeiro. Não é amor querer fundir uma vida com outra. Isto chama-se associação: duas pessoas com metas comuns escolhem viver juntas para executar um projeto único, que quase sempre é o de constituir família. Absolutamente legítimo, e o amor pode estar incluído no pacote. Mas não é isso que define o amor.

Seguramente, o amor existe. Mas por não termos vontade ou capacidade para questionar certas convenções estabelecidas, acreditamos que dar amor a alguém é entregar a esta pessoa nossa própria vida. Não só o nosso eu tangível, mas entregar também nosso tempo, nosso pensamento, nossas fantasias, nossa libido, nossa energia: tudo aquilo que não se pode pegar com as mãos, mas que se pode tentar capturar através da possessão.

O amor em estado bruto, o amor 100% puro, o amor desvinculado das regras sociais é o amor mais absoluto e o que maior felicidade deveria proporcionar. Não proporciona porque exigimos que ele venha com certificado de garantia, atestado de bons antecedentes e comprovante de renda e residência. Queremos um amor ficha limpa para que possamos contratá-lo para um cargo vitalício. Não nos agrada a ideia de um amor solteiro. Tratamos rapidamente de comprometê-lo não com nosso próprio amor, mas com nossas projeções.

O amor, na sua essência, necessita de apenas três aditivos: correspondência, desejo físico e felicidade. Se alguém retribui seu sentimento, se o sexo é vigoroso e ambos se sentem felizes na companhia um do outro, nada mais deveria importar. Por nada entenda-se: não deveria importar se o outro sente atração por outras pessoas, se o outro gosta de às vezes ficar sozinho, se o outro tem preferências diferentes das suas, se o outro é mais moço ou mais velho, bonito ou feio, se vive em outro país ou no mesmo apartamento e quantas vezes telefona por dia. Tempo, pensamento, fantasia, libido e energia são solteiros e morrerão solteiros, mesmo contra nossa vontade. Não podemos lutar contra a independência das coisas. Alianças de ouro e demais rituais de matrimônio não nos casam. O amor é e sempre será autônomo.

Fácil de escrever, bonito de imaginar, porém dificilmente realizável. Não é assim que estruturamos a sociedade. Amor se captura, se domestica e se guarda em casa. Quando o perdemos, sofremos. Nem paramos para pensar na possibilidade de que poderíamos sofrer menos.

Julho de 2000

A dor dos outros e a nossa

Você está uma geleca. Estendida no sofá, convoca o ombro da sua melhor amiga para chorar todas as suas imensuráveis carências. Precisa ouvir dela algo que lhe anime. Ela bem que tenta: "Pense bem: tem milhões de pessoas sofrendo coisas muito piores do que você". Claro. Todos dizem a mesma coisa. Enquanto você está aí sofrendo de dor de cotovelo, na rua há milhares de sem-teto, sem emprego, sem futuro. No pódio das dores do mundo, os sem amor não ganham nem medalha de bronze. Estão fora da competição.

Você olha pra sua amiga e pergunta: "Acha mesmo que o fato de um avião cair na Tunísia pode diminuir a minha saudade? Se um gerente de banco é mantido como refém eu devo abrir um champanhe por não ser eu que estou com uma arma apontada para minha cabeça?". Se sua amiga for sensata, responderá que sim, isso deveria amenizar nossos problemas mundanos. Mas se ela for sincera, providenciará mais lenço de papel.

Os dramas que acontecem no outro lado da rua nos sensibilizam, mas a contribuição das tragédias alheias para aliviar nossa crise existencial é zero. Crianças são mutiladas em Serra Leoa e você só quer saber do pedaço do peito que lhe arrancaram. Homens e mulheres sobrevivem durante dias embaixo da terra, soterrados por terremotos, e você continua achando que solidão como a sua não há. Pessoas não têm água potável para beber e você afoga sua deprê num bom cabernet sauvignon. Tem gente que perde filho, perde a visão, perde o patrimônio, perde a saúde: lamenta-se por eles, mas você perdeu o Beto! Vá explicar isso pra alguém.

Razão e emoção são dois planetas que não habitam a mesma galáxia. Você SABE que sua dor é superável, você SABE que amanhã vai encontrar um novo amor, você SABE que é uma felizarda por ter saúde, família, um teto para morar, mas você não SENTE assim. E o sentimento é poderoso. Comanda. E a gente sucumbe. Feito um avião caindo do céu, feito refém de um assalto do coração.

Outubro de 2000

Crônica do incompreensível

Um dos meus defeitos de adolescente era não gostar de nada que eu não compreendia, a começar por mim mesma. Até que um dia compreendi que compreender não é tudo. Acho que foi quando assisti pela primeira vez a uma peça do Gerald Thomas.

Vou deixar as piadas de lado, pois tenho outros ilustres para citar. O fato é que queremos, todos, compreender. É irritante não entender o final de um filme, e mais ainda o final de um amor. Pior do que dever dinheiro é ficar devendo respostas para as questões que formulamos. Exigimos explicações de nós mesmos na esperança de que isso nos acalme. Como se fosse possível apreender todo o mistério do mundo, como se houvesse palavras suficientes para denominar todos os sentimentos que nos assaltam.

A sábia Lya Luft, em seu mais recente livro, *Histórias do tempo*, escreve que "o espanto é mais essencial que a compreensão". Ler isto me fez sentir menos louca, pois me assusto todo dia com algumas reações que tenho e que não combinam com meu discurso: não arranjo verbo para encaixá-las no meu modus vivendi. Com o tempo, no entanto, começo a perceber que meu lado incompreensível é bastante aceitável. Venho acomodando-me, sem fazer muitas perguntas, no hiato que existe entre o racionalizar e o sentir.

As relações amorosas são as que mais nos fazem sofrer diante da incompreensão. Acreditamos que compreender 100% uma pessoa nos dará uma espécie de alvará de soltura: ou iremos amá-la com mais intensidade, ou não amá-la com menos remorso. Outro escritor gaúcho vem me mostrar o quanto estou enganada. Verso de Fabrício Carpinejar: "Te compreender não me libertou".

A compreensão oferecida pela psicanálise, pela meditação e pela passagem do tempo nos torna mais seguros, mas não anula o assombro, o susto, a taquicardia que também revela tanto. Olho para trás e vejo aquela menina que queria entender tudo, com medo de que não coubesse tamanha quantidade de informação dentro de si. Coube e ainda cabe. E quanto mais entra, mais sobra espaço para a dúvida. Compreendo hoje que nunca entenderei a morte, os sonhos, a sensação de déjà-vu e as premonições. Nunca entenderei por que temos empatia com uma pessoa e nenhuma com outra. Não entendo como nunca cansamos do mar nem do sol. Não compreendo a maldade, ainda que a bondade excessiva também me cause medo. Por que os hormônios femininos nos deixam tão vulneráveis e nossa pele combina mais com a de um homem do que com a de outro? Acordo todos os dias às seis da manhã, não importa a hora que tenha ido deitar. Minha alma circula por todo o meu corpo, cada dia está num lugar. E Deus, quem será? Religião, arte, vida: não compreender também pode valer o ingresso.

Outubro de 2000

Jazz e ternura

Como é praxe, o Free Jazz de São Paulo trouxe tudo, menos jazz. Enquanto isso, semana passada, os porto-alegrenses tiveram a honra da visita de Diane Schuur, uma das poucas divas que seguem interpretando os clássicos deste gênero singular. A apresentação única realizada no Theatro São Pedro foi um presente mais que musical, foi uma lição de comportamento.

Não vou fazer comentários sobre repertório e técnica, pois tem gente que entende muito mais do assunto e não quero cometer gafes. Digo o que diz a voz do povo: no momento em que ela cantou *It had to be you*, a plateia acreditou que estava no céu. Imagine se um crítico profissional escreveria essa pieguice. Então não vou adiante. Prefiro falar sobre afinação. Um outro tipo de afinação.

Diane Schuur é cega. Então, obviamente, precisa de olhos emprestados para localizar-se no palco, aproximar-se do piano, beber um copo d'água. Usa os olhos do marido, que volta e meia entra em cena em momentos estratégicos durante a apresentação para socorrê-la. Em um destes momentos, ele reposicionou o microfone e fez menção de retirar-se para os bastidores, quando a mão dela segurou a dele: "Wait!". Ele atendeu. Sentou ao seu lado e lhe deu, você vai rir, beijinhos no cangote enquanto ela cantava *The man I love*, *Teach me tonight* e *It might be you*, apaixonadamente.

Assistindo ao espetáculo, me ocorreu uma palavra que quase nunca uso: ternura. Não é uma palavra que combine com o amor de hoje, este amor ligeiro, voluptuoso, carnal, exibicionista. O amor hoje é representado por gente linda e esfomeada, que se come mútua e publicamente, extravasando sua paixão sem limite. Nada contra, acho muito salutar este amor visceral, roqueiro. Mas pertence ao jazz o fogo brando.

Diane Schuur interpretou divinamente as mais lindas canções de amor e tão à vontade estava que acabou fazendo um dueto cênico com the man she loves, e se eu lhe disser que não ficou vulgar, acredite. Ficou bonito. Foi um show para apaixonados por música e por gente. Para aqueles que acham que o amor é uma coisa tão refinada que merece uma trilha sonora um tom acima dos sertanejos. E não é elitismo, não. Letras em inglês, nem todos entendem, mas todos percebem uma voz que lamenta uma ausência, uma mão que retira suavemente o cabelo caído sobre o rosto da mulher amada. O show foi isto: uma demonstração sonora e visual de amor. Música de primeira e beijinhos no cangote. Uma ternura tão rara, e tão inadvertidamente resgatada em público, que foi quase obscena.

Outubro de 2000

Icebergs

Outro dia estava relendo o livro *Mulher 40 graus à sombra*, de Maria Lúcia Pereira, Regina Pimentel e Mariana Fontes, quando encontrei uma citação do cartunista Chico Caruso falando sobre casamento: "As pessoas são como icebergs. Você só vê a ponta... você casa com a ponta". É engraçado e é verdadeiro, mas não significa que todo casamento esteja fadado ao naufrágio. A não ser que você seja um navio. Se for apenas um mergulhador, pode se interessar pelo que vai encontrar submerso.

De qualquer maneira, o assunto que me traz aqui não é o casamento e, sim, a metáfora. Somos todos pontas de iceberg. Deixamos à mostra apenas um pedaço do que somos. Atraímos com a parte que está à tona e ameaçamos com nossa parte escondida, imensa e indissolúvel.

Vale para homens e mulheres, vale para políticos e para empresas, vale para países e religiões, vale para quase tudo. É uma contingência da vida. Não há desonestidade no iceberg. Ele não tem culpa de o oceano não evaporar, revelando a montanha de gelo que jaz sob a água. A natureza esconde a parte de baixo da geleira flutuante, assim como a natureza humana também não se expõe integralmente. O invisível está em tudo e em todos.

Um edifício pode ser um iceberg, se suas paredes foram erguidas com areia de praia. Um automóvel pode ser um iceberg, se oculta peças desgastadas e um botijão de gás clandestino. Uma flor é um iceberg, se tem espinhos.

O sol é um iceberg que esconde o perigo dos raios ultravioletas. Um amigo pode ser um iceberg, se omite intenções pouco nobres.

Uma criança é sempre um iceberg, ainda sem noção do que a sustenta.

Padres e freiras são icebergs que reprimem sua sexualidade em nome de um amor maior, mas a sexualidade está ali, irremovível. A paixão é um iceberg que encanta e oferece riscos.

A mentira é a ponta de um iceberg chamado sociedade. A beleza é a ponta de um iceberg chamado saúde. As lágrimas são a ponta de um iceberg chamado sofrimento. O beijo é a ponta de um iceberg chamado sexo.

Icebergs podem surpreender positiva ou negativamente. Só há uma maneira de descobrir: sejamos mergulhadores.

Outubro de 2000

Eu te amo

Assisti à apresentação que a poeta Elisa Lucinda fez no Sarau Elétrico, em Porto Alegre, onde ela, mais uma vez, hipnotizou a plateia com seu talento vulcânico e seu humor. Num certo momento, ela questionou a razão de os homens terem tanto receio de dizer "eu te amo". Parece que dizer "eu te amo" tem um extenso prazo de validade que dispensa repetições. Elisa fez piada: uma mulher diz para o marido "eu te amo, e você?". Ele responde: "O que é isso, mulher, já não disse no aniversário do teu sobrinho ano passado? Parece que bebe!".

São de Elisa Lucinda os versos: "O euteamo é da dinâmica dos dias/ é do melhoramento do amor/ é do avanço dele/ é verbo de consistência/ é conjugação de alquimia/ é do departamento das coisas eternas". Ou seja: se não nos basta ouvir uma única vez o barulho do mar, se nunca enjoamos do pôr do sol, por que o "eu te amo" teria que ser uma raridade em nossas vidas?

Bem, há uma explicação. Você pode dizer que gosta de uma pessoa, até mesmo que a adora, e isto não configurar um compromisso. Mas amar é outra história. O amor não é um sentimento efêmero, semanal. Não ama-se e desama-se como quem troca de roupa. O amor tem o caráter de permanência. E num mundo de múltiplas possibilidades, de ofertas de amor em cada esquina, de ficação em festas e relacionamentos virtuais, quem vai querer se amarrar pela palavra?

Pena. Porque as pessoas amam. Amam muito. Podem até ficar com outras, mas quase sempre amam verdadeiramente alguém. E não se revelam. Não revelam esse amor para quem o desconhece, e nem mesmo para quem está ali, todos os dias ao seu lado, porque amar parece sinal de fraqueza, olhe só como andam tortas as ideias.

Amar cria raiz, sim. Cria, independentemente de ser verbalizado. Basta sentir o amor para que fiquemos dependentes dele, uma dependência boa, daquilo que nos faz sentir vivos. Dizê-lo em voz alta não nos acorrenta: ao contrário, nos liberta. Dizer "eu te amo" é presente para o amado. Como diz Elisa Lucinda, tudo na vida é novidade: comer, dormir, transar. Tudo é estreia, e amar, logicamente, também é sempre novo e passível de reconhecimento contínuo. Meninos e meninas: digam.

Novembro de 2000

Os perigos da paixão

Estava lendo o ótimo livro de crônicas da Hilda Hilst, *Cascos & carícias*, quando me deparei com estas duas frases: "Tens um inimigo? Deseje-lhe uma paixão". Não é uma incongruência. Ao contrário, é muito bem observado. O que nos dilacera? A própria.

Outro ótimo livro, *Um grande garoto*, de Nick Hornby, traz um parágrafo que explica esta fobia.

"Will nunca tivera vontade de se apaixonar. Quando isso acontecera com seus amigos, sempre lhe parecera uma experiência peculiarmente desagradável, com toda aquela perda de sono e de peso, a infelicidade quando a coisa não era correspondida, e a felicidade suspeita e amalucada quando a coisa funcionava. Eram pessoas que não conseguiam se controlar nem se proteger; pessoas que, ainda que apenas temporariamente, já não se satisfaziam em ocupar o próprio espaço; pessoas que já não podiam depender de uma jaqueta nova, uma trouxinha de maconha e uma reprise à tarde dos *Arquivos Rockford* para se sentirem plenas."

Nós não assistimos aos *Arquivos Rockford* (eu, ao menos, não faço ideia do que seja), mas podemos nos sentir plenos ao comprar uma camiseta, ao tomar um chope com a turma, ao sair de bicicleta no final da tarde ou ao saber que o Mark Knopfler vai tocar no Brasil. A trouxinha é facultativa. Então de repente você se apaixona, fica umas duas semanas em estado catatônico e aí surta de vez.

Será que ela gosta de mim tanto quanto eu dela? Será que o fato de ele preferir jogar bola com leões de chácara em vez de ir ao cinema comigo significa alguma coisa? Espero ele ligar? Ligo eu? Será que ela ainda pensa no ex? Será que eu beijo melhor? Ele estará me esnobando? Estarei pegando no pé dela? Ele vai gostar da minha mãe? Ela irá rir da minha cueca?

Cruzes.

A paixão turbina o coração, acelera a corrente sanguínea e irriga os olhos, porque a gente chora à beça. Faz perder peso, sim. Não conheço dieta mais eficiente. A paixão cristaliza o tempo: parece que as horas não passam até estar com ele ou ela. Aí estamos com ele ou ela e as horas voam, não é justo. A paixão corrompe nosso juízo, trapaceia a realidade. Ainda assim, melhor uma paixão do que nenhuma. Reprises de seriado de tevê não me fazem desejar ficar bonita e sedutora, mesmo que depois eu borre toda a maquiagem me desaguando porque ele desmarcou o encontro cinco minutos antes da hora. Bem-vinda seja uma paixão comedida. Aos inimigos, as avassaladoras.

Dezembro de 2000

A fita métrica do amor

Como se mede uma pessoa? Os tamanhos variam conforme o grau de envolvimento. Ela é enorme para você quando fala do que leu e viveu, quando trata você com carinho e respeito, quando olha nos olhos e sorri destravado. É pequena para você quando só pensa em si mesma, quando se comporta de uma maneira pouco gentil, quando fracassa justamente no momento em que teria que demonstrar o que há de mais importante entre duas pessoas: a amizade.

Uma pessoa é gigante para você quando se interessa pela sua vida, quando busca alternativas para o seu crescimento, quando sonha junto. É pequena quando desvia do assunto.

Uma pessoa é grande quando perdoa, quando compreende, quando se coloca no lugar do outro, quando age não de acordo com o que esperam dela, mas de acordo com o que espera de si mesma. Uma pessoa é pequena quando se deixa reger por comportamentos clichês.

Uma mesma pessoa pode aparentar grandeza ou miudeza dentro de um relacionamento, pode crescer ou decrescer num espaço de poucas semanas: será ela que mudou ou será que o amor é traiçoeiro nas suas medições? Uma decepção pode diminuir o tamanho de um amor que parecia ser grande. Uma ausência pode aumentar o tamanho de um amor que parecia ser ínfimo.

É difícil conviver com esta elasticidade: as pessoas se agigantam e se encolhem aos nossos olhos. Nosso julgamento é feito não através de centímetros e metros, mas de ações e reações, de expectativas e frustrações. Uma pessoa é única ao estender a mão, e ao recolhê-la inesperadamente, se torna mais uma. O egoísmo unifica os insignificantes.

Não é a altura, nem o peso, nem os músculos que tornam uma pessoa grande. É a sua sensibilidade sem tamanho.

Janeiro de 2001

Amores apertados

Sabe aqueles banheiros mínimos, que quando um entra o outro tem que sair? Têm amores que parecem um banheiro apertado: só cabe um.

Ela ama o cara. Interessa-se pela sua vida, seu trabalho, seus estudos, seu esporte, seus amigos, sua família, enfim, ela está inteira na dele. Ele, por sua vez, recebe isso de muito bom grado, mas não retribui. Não pergunta pelo trabalho dela, pelas angústias dela, por nada que lhe diga respeito. Ela, obviamente, não gosta desta situação, mas vai levando, levando, levando, até que um belo dia sua paciência se esgota e ela tira o time de campo. Aí ele entra.

De repente, como num passe de mágica, ele se dá conta de como ela é bacana, de como ele tem sido distante, de como vai ser duro ficar sem a sua menina. Então ele a torpedeia com e-mails e telefonemas carinhosos. Mas ela é gata escaldada, não vai entrar nessa de novo. Ele insiste. Quer vê-la, quer que ela entenda que ele é desse jeito tosco mesmo, mas que no fundo ela é a mulher da vida dele. Ela é gata escaldada, mas não é de gelo: então tá, vamos tentar de novo. Ela entra com tudo.

Com a namorada resgatada, ele se isola novamente em seu próprio mundo, deixando-a conduzir tudo sozinha. É ela que o procura, é ela que o elogia, é ela que arma os programas, é ela que lembra das datas, é ela, tudo ela, só ela. Quer saber: tô fora.

Aí ele entra. Pô, gata, prometo, juro, ó: vou cobrir você de carinho. E não é que ele cumpre? Passa a tratá-la como uma deusa, superatencioso, parece outro homem. Ela aceita a deferência, mas não entra mais nesse jogo. Simplesmente não retribui o afeto dele, quase nunca telefona, sai com as amigas toda hora, e ele ali, no maior esforço. Ela esnobando, ele tentando, ela se fazendo, ele se declarando. Até que ele enche: tô fora.

Aí ela entra. E ele esfria, e ela cai fora, e ele volta, e seguem neste entra e sai até o desgaste total.

Bom mesmo é amor em que cabem os dois juntos.

Março de 2001

Sentir-se amado

O homem diz que te ama, então tá. Ele te ama.
Tua mulher diz que te ama, então assunto encerrado.
Você sabe que é amado porque lhe disseram isso, as três palavrinhas mágicas. Mas *saber-se* amado é uma coisa, *sentir-se* amado é outra, uma diferença de milhas, um espaço enorme para a angústia instalar-se.

A demonstração de amor requer mais do que beijos, sexo e verbalização, apesar de não sonharmos com outra coisa: se o cara beija, transa e diz que me ama, tenha a santa paciência, vou querer que ele faça pacto de sangue também?

Pactos. Acho que é isso. Não de sangue nem de nada que se possa ver e tocar. É um pacto silencioso que tem a força de manter as coisas enraizadas, um pacto de eternidade, mesmo que o destino um dia venha a dividir o caminho dos dois.

Sentir-se amado é sentir que a pessoa tem interesse real na sua vida, que zela pela sua felicidade, que se preocupa quando as coisas não estão dando certo, que sugere caminhos para melhorar, que se coloca a postos para ouvir suas dúvidas e que dá uma sacudida em você, caso você esteja delirando. "Não seja tão severa consigo mesma, relaxe um pouco. Vou te trazer um cálice de vinho."

Sentir-se amado é ver que ela lembra de coisas que você contou dois anos atrás, é vê-la tentar reconciliar você com seu pai, é ver como ela fica triste quando você está triste e como sorri com delicadeza quando diz que você está fazendo uma tempestade em copo d'água. "Lembra que quando eu passei por isso você disse que eu estava dramatizando? Então, chegou sua vez de simplificar as coisas. Vem aqui, tira este sapato."

Sentem-se amados aqueles que perdoam um ao outro e que não transformam a mágoa em munição na hora da discussão. Sente-se amado aquele que se sente aceito, que se sente bem-vindo, que se sente inteiro. Sente-se amado aquele que tem sua solidão respeitada, aquele que sabe que não existe assunto proibido, que tudo pode ser dito e compreendido. Sente-se amado quem se sente seguro para ser exatamente como é, sem inventar um personagem para a relação, pois personagem nenhum se sustenta muito tempo.

Sente-se amado quem não ofega, mas suspira; quem não levanta a voz, mas fala; quem não concorda, mas escuta.

Agora sente-se e escute: eu te amo não diz tudo.

Junho de 2001

Amor e perseguição

"As pessoas ficam procurando o amor como solução para todos os seus problemas quando, na realidade, o amor é a recompensa por você ter resolvido os seus problemas." Norman Mailer. Copiem. Decorem. Aprendam.

Temos a mania de achar que amor é algo que se busca. Buscamos o amor nos bares, buscamos o amor na internet, buscamos o amor na parada de ônibus. Como num jogo de esconde-esconde, procuramos pelo amor que está oculto dentro das boates, nas salas de aula, nas plateias dos teatros. Ele certamente está por ali, você quase pode sentir seu cheiro, precisa apenas descobri-lo e agarrá-lo o mais rápido possível, pois só o amor constrói, só o amor salva, só o amor traz felicidade.

Calma. Amor não é medicamento. Se você está deprimido, histérico ou ansioso demais, o amor não se aproximará, e, caso o faça, vai frustrar sua expectativa, porque o amor quer ser recebido com saúde e leveza, ele não suporta a ideia de ser ingerido de quatro em quatro horas, como um antibiótico para combater as bactérias da solidão e da falta de autoestima. Você já ouviu muitas vezes alguém dizer: "Quando eu menos esperava, quando eu havia desistido de procurar, o amor apareceu". Claro, o amor não é bobo, quer ser bem tratado, por isso escolhe as pessoas que, antes de tudo, tratam bem a si mesmas.

"As pessoas ficam procurando o amor como solução para todos os seus problemas quando, na realidade, o amor é a recompensa por você ter resolvido os seus problemas." Norman Mailer. Divulguem. Repitam. Convençam-se.

O amor, ao contrário do que se pensa, não tem que vir antes de tudo: antes de você estabilizar a carreira profissional, antes de viajar pelo mundo, de curtir a vida. Ele não é uma garantia de que, a partir do seu surgimento, tudo o mais dará certo. Queremos o amor como pré-requisito para o sucesso nos outros setores, quando, na verdade, o amor espera primeiro você ser feliz para só então surgir diante de você sem máscara e sem fantasia. É esta a condição. É pegar ou largar.

Para quem acha que isso é chantagem, arrisco sair em defesa do amor: ser feliz é uma exigência razoável e não é tarefa tão complicada. Felizes são aqueles que aprendem a administrar seus conflitos, que aceitam suas oscilações de humor, que dão o melhor de si e não se autoflagelam por causa dos erros que cometem. Felicidade é serenidade. Não tem nada a ver com piscinas, carros e muito menos com príncipes encantados. O amor é o prêmio para quem relaxa.

Julho de 2001

Leasing de amor

O mundo acompanha os avanços da ciência e da tecnologia e eu me pergunto: só o casamento não evolui?

Sendo o matrimônio um sacramento, desconsidera-se qualquer ajuste, e assim continuamos a ver homens e mulheres presos, literalmente, num acordo que nem sempre corresponde às expectativas do casal. Existe o divórcio, que é usado por quem quer encerrar um contrato e iniciar outro, mas ele ainda carrega o estigma do fracasso. Divórcio é sinônimo de falência da relação, e como tal gera frustrações, pois ninguém casa pensando em se separar. Como leio muito sobre o assunto, me deparei outro dia com uma teoria que defende a ideia de a gente casar já conscientes do fim próximo. A ideia é riscar o "para sempre" do dicionário do amor.

No fundo, a gente sabe que o "para sempre" fica longe demais da realidade, mas ainda nos apegamos a esta ilusão de infinitude. Somos românticos o suficiente para achar que um grande amor não se esgota, e cultivamos esta crença porque, do contrário, passaríamos por cínicos: te amo hoje, amanhã não sei.

Já se fala sobre "namoros em leasing". Não se trata de contratos com prazo de validade estipulado no início da relação, mas de uma mudança de mentalidade pra valer, uma nova postura frente aos relacionamentos. Olhe à sua volta: você conhece ao menos uma pessoa que está sofrendo por amor, talvez seja até você próprio. A dor de cotovelo não mata mas é uma epidemia mundial. Tudo isso porque a gente entra nas relações com fé demais e neurônios de menos. A ideia é entrar na relação sabendo onde fica a porta de saída, porque é por lá que a gente vai passar em breve.

Eu não tenho dúvida de que este é um caminho sem volta. A tendência é termos dois ou três casamentos durante uma vida. Os filhos se adaptarão naturalmente a essas novas estruturas familiares. Isso tudo já está sendo vivido, porém deveria ser estabelecido como regra e não mais como exceção. É preciso escrever novos contos de fada, com vários finais e vários recomeços. Aceitarmos que um casamento longa-metragem pode ser menos aborrecido se for transformado em dois ou três curtas.

Muitas perguntas ficam no ar. Se não estaremos perdendo o romantismo, se não estaremos sendo egoístas, se é possível evitar as dores da rejeição. Não tenho respostas. Só sei que há um número enorme de pessoas que se sentem traídas porque acreditaram numa ideia de amor que já não se sustenta. A Igreja nos prepara para o fim da vida terrestre, mas não nos prepara para o fim de um amor. Cabe a nós romper com o conceito de amor definitivo e abrir os braços para os amores provisórios.

Setembro de 2001

Borboletas

Li uma notinha no jornal, muito pequena, que dizia que, na Austrália, o costume de jogar arroz nos noivos quando eles saem da igreja após se casar foi substituído por outro tipo de arremesso: agora os convidados jogam borboletas no casal. Vivas, eu espero.

É um fato irrelevante e nem sei se é verdadeiro, talvez tenha acontecido uma única vez e já estejam dizendo que virou moda lá para os lados da Oceania, mas vibrei com a notícia, por todas as suas implicações.

Arroz é comida, comida lembra fogão, fogão fica dentro de casa: tudo muito prosaico. Arroz cru é duro, machuca. Sua cor é branco sujo, não deslumbra. E o mais grave: arroz não voa.

Já borboleta é o símbolo da transformação, é liberdade e cor. Borboleta não morde, não pica, não zumbe, não tem veneno, não transmite doença, não pousa em cima da nossa comida. Borboleta é mais bicho-grilo que o grilo, deveria ser a legítima representante do paz e amor.

Arroz alimenta o corpo, a borboleta alimenta o espírito. O que é mais importante em um casamento?

A gente sabe que as pessoas não casam apenas porque estão apaixonadas (quando estão), mas casam também para somar os rendimentos, dividir despesas e ter filhos, formando uma equipe hipoteticamente mais preparada para sobreviver. Legítimo, mas não parece tão romântico.

Quem dera casamento fosse mais leve, com menos comprometimento e mais fascínio, menos regras a seguir e mais espaço e liberdade para cada um ser o que é. Uma confraternização diária, uma troca de experiências e sensações individuais, uma colaboração espontânea entre duas pessoas, sem a obrigação da eternidade. Um acordo a fim de estarem juntos na alegria e na tristeza, na saúde e na doença, mas não necessariamente em todos os domingos, em todos os bares, em todos os cômodos da casa, em todos os assuntos, em todas as situações, em todos os minutos, em todos os desejos, em todos os silêncios.

Borboletas, com sua delicadeza e aparições raras, despertam o lúdico em nós. Já arroz é trivial e só é bom quando soltinho.

2002

Do mês que vem não passa

Juntos, chegaram à conclusão de que o casamento estava um tédio, de que o amor havia sumido e de que a presença um do outro incomodava mais do que estimulava: nem mesmo a amizade e a ternura sobreviveram. Depois de algumas cobranças inevitáveis, muita conversa e lágrimas à beça, optaram por seguir cada um para seu lado. Quando? Logo depois das férias de julho: a gente viaja com as crianças e depois você sai de casa. Perfeito.

Voltaram da viagem mais duros do que nunca foram, o saldo completamente no vermelho. Não era uma boa hora para comprometer-se com um novo aluguel. Ela compreendeu e disse para ele ficar em casa até as finanças se estabilizarem de novo, quando ele então poderia procurar um apartamentozinho.

O casamento seguia um tédio, mas o clima estava mais ameno, sabiam que dali a pouco estariam separados para sempre, então calhava uma harmonização, eles até passaram a sorrir com mais frequência e, olhando assim, de longe, qualquer um diria que aqueles dois se entendiam bem.

As dívidas da viagem foram pagas e, depois de mais uma entre tantas discussões bobas, resolveram agendar de vez a separação: logo depois do aniversário do pequeno Bruninho, que dali a um mês faria 18 anos.

Bruninho não quis festa e o saldo do casal voltou a ficar positivo, mas não por muito tempo: a televisão já veiculava propaganda com Papai Noel. Natal era sempre uma despesa, e os sogros viriam do interior pra comemorar com a família reunida, melhor deixar passar o Natal e o Ano-Novo. É melhor, também acho.

Em fevereiro a Bia, filha mais velha, inventou de ir para a praia do Rosa com as amigas e ficou o mês inteiro lá, assim que ela voltasse os dois dariam o xeque-mate neste casamento. Bia voltou e já era quase Páscoa, e Páscoa sem ir pra fazenda da tia Sonia não era Páscoa. Depois da Páscoa receberam o convite para serem padrinhos de casamento de um afilhado, melhor não criar constrangimento na igreja. Em seguida foi o aniversário dele, que sempre fica meio caído nessa data, melhor deixar passar o inferno astral. E quando passou, aí foi ela que aniversariou.

Estão casados até hoje. Mas do mês que vem não passa.

16 de junho de 2002

Mesmo assim

"Como é que você pode continuar gostando de um cara tão instável, que num dia te adora e no outro mal fala contigo?"

"Não acredito que você ainda está parado na dessa garota. Cara, ela dá o maior mole pra todo mundo... tudo bem, é o jeitinho dela, mas, ó, te liga."

"Ele é muito querido, muito engraçado, mas também muito vadio: você vai passar fome ao lado deste homem!"

"O que adianta ela ser bonita, rapaz? Te trata como escravo."

É ótimo ter amigos, principalmente amigos que se preocupam com a gente. Mas, quando o assunto é amor, conselhos servem pra nada. Não que os amigos estejam errados, ao contrário: a gente sabe que eles estão com toda a razão, que eles estão vendo tudo aquilo que a gente finge não ver. O problema é que o amor não tem lógica. Você reconhece que a pessoa não serve pra você, mas a considera simplesmente a-do-rá-vel.

Você sabe que ela, ELA, o grande amor da sua vida, é uma maluca de carteirinha, a maior viajandona do planeta, não diz coisa com coisa, e tem a estranha mania de se trancar no quarto por três dias seguidos, sem sair, sem abrir a porta, sem atender o telefone. Aí um belo dia ela sai e não dá a menor satisfação pra ninguém. Você consegue se imaginar vivendo com alguém assim? Não, mas também não consegue se imaginar vivendo sem.

E você aí, mulher. Enroladíssima com aquele cara, você sabe quem. Ele não tem o melhor caráter do mundo. Não tem o melhor currículo do mundo. Mas tem o melhor beijo do mundo e você, cada vez que ensaia dizer não, acaba dizendo sim, sim, sim. Porque você o ama. Mesmo ele sendo meio rude, meio ingrato, meio sonso. Mesmo assim.

Vou ficar torcendo para que nenhum desses exemplos caia como uma luva pra você. Desejo que tudo isso que foi escrito seja pura ficção, que você nunca passe por uma doideira dessas. Mas não esqueça que doidas e doidos também são apaixonantes. Assim como os inconstantes e as ciumentas. E os alienados e as histéricas. Todos uma praga, todos cativantes. Ninguém está livre de topar com o cara errado e a garota mais encrenqueira, e de amá-los muito, mesmo assim.

2003

Casamento pega

Marília contraiu febre amarela. Rosely contraiu estafilococo. Milton contraiu varíola. E Lizete, coitada, contraiu matrimônio.

Um amigo solteiro me perguntou dia desses: é doença? Bem, não está catalogado como tal, mas há aspectos em comum.

Primeiramente, casamento é contagioso. Os pais vão acostumando seus filhos com a ideia e são capazes até mesmo de estimular seu surgimento, como fazem em relação ao sarampo e à catapora: "Melhor pegar de uma vez para ficar livre". Então, entre os 25 e 35 anos, homens e mulheres vão se aproximando, se tocando, se lambendo e se arriscando a encontrar o par ideal para com ele contrair a coisa.

Casamento também leva todo mundo para cama, invariavelmente. No começo dá calafrios, suores, palpitação, taquicardia, mas depois as pessoas vão se acostumando com os sintomas e eles desaparecem. O enfermo começa a ter menos paciência para ficar deitado. Começa a frequentar mais o sofá, a poltrona e nem se dá o trabalho de tirar o pijama e vestir algum troço decente. Cama passa a ser um lugar apenas para dormir.

O automedicamento é desaconselhado. É prudente ter o nome de um psiquiatra de confiança anotado na agenda.

Casamento pode ser fatal. Ao menos era, tempos atrás. As pessoas não tinham muita informação e a doença matava mesmo: matava a paixão, matava o sexo, matava a paciência, uma desgraça. O matrimônio, que é o nome científico dessa enfermidade, podia levar anos para dar cabo do casal, mas os menos debilitados conseguiam resistir bastante tempo, às vezes até 50 anos, amparados pela fé. Hoje há cura. O remédio chama-se divórcio. Custa uma fortuna e não impede que haja reincidência.

Fora isso, casamento e doença não têm nada a ver um com o outro, a não ser o verbo e o grupo de risco: qualquer um pode contrair.

2003

Jeitos de amar

No livro *Prosa reunida*, de Adélia Prado, encontrei uma frase singela e verdadeira ao extremo. Uma personagem põe-se a lembrar da mãe, que era danada de braba, porém esmerava-se na hora de fazer dois molhos de cachinhos no cabelo da filha para que ela fosse bonita pra escola. "Meu Deus, quanto jeito que tem de ter amor."

É comovente porque é algo que a gente esquece: milhões de pequenos gestos são maneiras de amar. Beijos e abraços às vezes são provas mais de desejo que de amor, exigem retribuição física, são facilidades do corpo. Mas há diversos outros amores podendo ser demonstrados com toques mais sutis.

Mexer no cabelo, pentear os cabelos, tal como aquela mãe e aquela filha, tal como namorados fazem, tal como tanta gente faz: cafunés. Uma amiga tingindo o cabelo da outra, cortando franjas, puxando rabos de cavalo, rindo soltas. Quanto jeito que há de amar.

Flores colhidas na calçada, flores compradas, flores feitas de papel, desenhadas, entregues em datas nada especiais: "Lembrei de você". É esse o único e melhor motivo para crisântemos, margaridas, violetinhas. Quanto jeito que há de amar.

Um telefonema para saber da saúde, uma oferta de carona, um elogio, um livro emprestado, uma carta respondida, repartir o que se tem, cuidados para não magoar, dizer a verdade quando ela é salutar, e mentir, sim, com carinho, se for para evitar feridas e dores desnecessárias. Quanto jeito que há de amar.

Uma foto mantida ao alcance dos olhos, uma lembrança bem guardada, fazer o prato predileto de alguém e botar uma mesa bonita, levar o cachorro pra passear, chamar pra ver um crepúsculo, dar banho em quem não consegue fazê-lo sozinho, ouvir os velhos, ouvir as crianças, ouvir os amigos, ouvir os parentes, ouvir. Quanto jeito que há de amar.

Rezar por alguém, vestir roupa nova pra homenagear, trocar curativos, tirar pra dançar, não espalhar segredos, puxar o cobertor caído, cobrir, visitar doentes, velar, sugerir cidades, discos, brinquedos, brincar: quanto jeito que há.

2003

O sentido da vida

Não é nenhuma novidade que dinheiro, viagens, status, beleza e outras coisinhas mundanas são sonhos de consumo, mas não dão sentido à vida de ninguém. A única coisa que justifica nossa existência são as relações que a gente constrói. Só os afetos é que compensam a gente viver uma vida inteira sem saber de onde viemos e para onde vamos. Diante da pergunta enigmática – por que estamos aqui? –, só nos consola uma resposta: para dar e receber abraços, apoio, cumplicidade, para nos reconhecermos um no outro, para repartir nossas angústias, sonhos, delírios. Para amar, resumindo.

Piegas? Depende de como essa história é contada. Se é através de um power point – aqueles textinhos cheios de flores acompanhados de musiquinha romântica –, qualquer mensagem, por mais filosófica e genial que seja, fica piegas de doer. Mas se é através de um filme inteligente, sarcástico, tragicômico como *Invasões bárbaras*, o piegas passa à condição de arte.

O filme é uma continuação de *O declínio do império americano*. Naquele, um grupo de amigos se encontrava numa casa à beira de um lago e discutia sobre vida, morte, sexo, política, filosofia. Em *Invasões bárbaras*, esses mesmos amigos, quase 20 anos depois, se reencontram por causa da doença de um deles, que está com os dias contados.

Descobrem que muitos dos seus ideais não vingaram, que muita coisa não saiu como o planejado, só o que sobrou mesmo foi a amizade entre eles. E a gente se pergunta: há algo mais nesta vida pra sobrar? Quando chegar a nossa hora, o que realmente terá valido a pena? Os rostos, nomes, risadas, pernas, beijos, olhares que nos fizeram felizes por variados e eternos instantes.

Pais e filhos, maridos e mulheres, amantes e amigos: são eles que sustentam a nossa aparente normalidade, são eles que estimulam a nossa funcionalidade social. Se não for por eles, se não houver um passado e um presente para com eles compartilhar, com que identidade continuaremos em frente, que história teremos para carregar, quem testemunhará que aqui estivemos? Só quem nos conhece a fundo pode compreender o que nos revira por dentro, qual foi o trajeto percorrido para chegarmos neste exato ponto em que estamos, neste estágio de assombro ou alegria ou desespero ou sei lá, você é que sabe em que pé andam as coisas. Se não nos conheceram, se não nos desvendaram, se ninguém aplicou um raio X na gente, então não existimos, o sentido da vida foi nenhum.

Todas as pessoas querem deixar alguns vestígios para a posteridade. Deixar alguma marca. É a velha história do livro, do filho e da árvore, o trio que supostamente nos imortaliza. Porém filhos somem no mundo, árvores são cortadas, livros mofam em sebos. A única coisa que nos imortaliza – mesmo – é a memória de quem amou a gente.

7 de dezembro de 2003

Apaixonados

No filme *Crimes e pecados,* de Woody Allen, um certo professor Levy, personagem da história, diz que nos apaixonamos para corrigir o nosso passado. Frase rápida, aparentemente simples, e no entanto com um significado tão perturbador.

A questão não é por que nos apaixonamos por Roberto e não por Vitor, ou por que nos apaixonamos por Elvira e não por Débora. A questão é: por que nos apaixonamos? Estamos sempre tentando justificar a escolha de um parceiro em detrimento de outro, e não raro dizemos: "Não entendo como fui me apaixonar logo por ele". Mas não é isso que importa. Poderia ser qualquer um. A verdade é que a gente decide se apaixonar. Está predisposto a envolver-se – o candidato a esse amor tem que cumprir certos requisitos, lógico, mas ele não é a razão primeira de termos sucumbido. A razão primeira somos nós mesmos.

Cada vez que nos apaixonamos, estamos tendo uma nova chance de acertar. Estamos tendo a oportunidade de zerar nosso hodômetro. De sermos estreantes. Uma pessoa acaba de entrar na sua vida, você é 0 km para ela. Tanto as informações que você passar quanto as atitudes que tomar serão novidade suprema – é a chance de você ser quem não conseguiu ser até agora.

Um novo amor é a plateia ideal para nos reafirmarmos. Nada será cobrado nos primeiros momentos, você arranca com vantagem, há expectativa em relação a suas ideias e emoções, e boa vontade para aplaudi-las. Você é dono do roteiro, você conduz a trama, apresenta seu personagem. Estar apaixonado por outro é, basicamente, estar apaixonado por si mesmo, em novíssima versão.

É arriscado escrever sobre um tema que é constantemente debatido por profissionais credenciados para tal, mas não consigo evitá-lo. Mesmo amadora, sempre fui fascinada pelas sutilezas das relações amorosas. Cada vez que alguém diz que está precisando se apaixonar, está é precisando corrigir o passado, como diz o personagem do filme. Quantas mulheres e homens manifestam, entre suspiros, esse desejo, mesmo estando casados? Um sem-número deles, quase todos nós, atordoados com a própria inquietude. E no entanto é simples de entender. Mesmo as pessoas felizes precisam reavaliar escolhas, confirmar sentimentos, renovar os votos. Apaixonar-se de novo pelo mesmo marido ou pela mesma mulher nem sempre dá conta disso. Eles já conhecem todos os nossos truques, sabem contra o que a gente briga, e no momento o que precisamos é de alguém virgem de nós, que permita a recriação de nós mesmos. Precisamos nos apaixonar para justamente corrigir o que fizemos de errado enquanto compartilhávamos a vida com nossos parceiros. Sem que isso signifique abrir mão deles.

Isso explica o fato de as pessoas sentirem necessidade de relações paralelas mesmo estando felizes com a oficial. Explica, mas não alivia. Como é complicado viver.

7 de novembro de 2004

A separação como um ato de amor

É sabida a dor que advém de qualquer separação, ainda mais da separação de duas pessoas que se amaram muito e que acreditaram um dia na eternidade desse sentimento. A dor de cotovelo corrói milhares de corações de segunda a domingo – principalmente aos domingos, quando quase nada nos distrai de nós mesmos –, e a maioria das lágrimas que escorrem é de saudade e de vontade de rebobinar os dias, viver de novo as alegrias perdidas.

Acostumada com essa visão dramática da ruptura, foi com surpresa e encantamento que li uma descrição de separação que veio ao encontro do que penso sobre o assunto, e que é uma avaliação mais confortante, ao menos para aqueles que não se contentam em reprisar comportamentos-padrão. Está no livro *Nas tuas mãos*, da portuguesa Inês Pedrosa.

"*Provavelmente só se separam os que levam a infecção do outro até os limites da autenticidade, os que têm coragem de se olhar nos olhos e descobrir que o amor de ontem merece mais do que o conforto dos hábitos e o conformismo da complementaridade.*"

Ela continua:

"A separação pode ser o ato de absoluta e radical união, a ligação para a eternidade de dois seres que um dia se amaram demasiado para poderem amar-se de outra maneira, pequena e mansa, quase vegetal."

Calou fundo em mim essa declaração, porque sempre considerei que a separação de duas pessoas precisa acontecer antes do esfacelamento do amor, antes de iniciarem as brigas, antes da falta de respeito assumir o comando. É tão difícil a decisão de se separar que vamos protelando, protelando, e nessa passagem de tempo se perdem as recordações mais belas e intensas. A mágoa vai ganhando espaço, uma mágoa que nem é pelo outro, mas por si mesmo, a mágoa de reconhecer-se covarde. E então as discussões se intensificam e quando a separação vem, não há mais onde se segurar, o casal não tem mais vontade de se ver, de conversar, querem distância absoluta, e aí configura-se o desastre: a sensação de que nada valeu. Esquece-se do que houve de bom entre os dois.

Se o que foi bom ainda está fresquinho na memória afetiva, é mais fácil transformar o casamento numa outra relação de amor, numa relação de afastamento parcial, não total. Se o casal percebe que está caminhando para o fim, mas ainda não chegou ao momento crítico – o de tornarem-se insuportavelmente amargos –, talvez seja uma boa alternativa terminar antes de um confronto agressivo. Ganha-se tempo para reestruturar a vida e ainda preserva-se a amizade e o carinho daquele que foi tão importante. Foi, não. Ainda é.

"*Só nós dois sabemos que não se trata de sucesso ou fracasso. Só nós dois sabemos que o que se sente não se trata – e é em nome desse intratável que um dia nos fez estremecer que agora nos separamos. Para lá da dilaceração dos dias, dos livros, discos e filmes que nos coloriram a vida, encontramo-nos agora juntos na violência do sofrimento, na ausência um do outro como já não nos lembrávamos de ter estado em presença. É uma forma de amor inviável, que, por isso mesmo, não tem fim.*"

É um livro lindo que fala sobre o amor eterno em suas mais variadas formas. Um alento para aqueles – poucos – que respeitam muito mais os sentimentos do que as convenções.

12 de março de 2006

Ainda sobre separação

A crônica do domingo passado, *A separação como um ato de amor*, resultou em inúmeros depoimentos de leitores. Muitas pessoas me escreveram dizendo que adorariam ter se separado de uma maneira cordial, não violenta, mas que infelizmente não havia sido assim com eles. Outros disseram que conseguiram chegar a um consenso e manter a amizade e o afeto, tal qual foi descrito no texto. Outros ainda disseram que vivem casados e felizes há quarenta anos e esperam jamais precisar passar por um divórcio. O que importa é que em todos os e-mails encontrei doçura e boa vontade para viver relações mais civilizadas, que possibilitem uma ruptura menos traumática, no caso de um dia ela ser necessária.

Estava tudo assim cor-de-rosa quando entrou o e-mail de uma mulher de uns trinta anos dizendo que separação amigável é conversa para boi dormir. Ex-marido e ex-mulher é sempre uma pedra no sapato. Que o máximo que podemos fazer é tolerá-los em situações em que não haja outra saída. Era um e-mail furioso e, por isso mesmo, engraçado, o que me fez lembrar imediatamente de um livro que acaba de ser lançado e que, em vez da visão poética e afetiva do *Nas tuas mãos*, de Inês Pedrosa, que me serviu de gancho para a primeira crônica, traz uma visão mais ácida do assunto. Ácida, hilária e também muito verdadeira, porque não existe uma verdade única sobre o tema. O título: *O diabo que te carregue!*, da ótima Stella Florence.

Stella não esconde de ninguém que noventa por cento do que relata no livro aconteceu com ela. Então misture um depoimento biográfico com pitadas de um humor selvagem e um texto super bem escrito e eis uma obra que será excelente companhia para quem estiver passando pelo desgaste de uma separação, ou já passou, ou desconfia de que vai passar. Riso e reflexão: tem dobradinha melhor para quando se está arrancando os cabelos e vivenciando um apocalipse now?

Em *O diabo que te carregue!*, o casal não acaba junto, óbvio. Mas apesar de todos os destemperos, mágoas, acessos de fúria, solidão, discussões sobre grana, sobre filhos, raivas contidas e raivas extrapoladas, nota-se que o ex de Stella sobreviveu muito bem ao cataclismo, tanto que é ele quem escreve o prefácio. É ou não é um mundo civilizado?

Só não é mais civilizado porque a maioria das pessoas ainda se rende muito facilmente ao script que nos entregam no berço, sem bolar outras formas de ser feliz – e até outras formas de ser infeliz. Se todo mundo diz que separação é, obrigatoriamente, um colapso de consequências trágicas, lá vamos nós nos comportar como se estivéssemos vivendo as tais consequências trágicas, quando talvez estejamos apenas temendo a liberdade à qual nos desacostumamos, mais nada.

Claro que toda separação é um angu, mas há maneiras e maneiras de se lidar com ela. Uns aceitam a tristeza como algo inevitável, temporário e enriquecedor, outros transformam sua dor em catarse coletiva onde o humor e a inteligência vencem no final. Qual desses roteiros é mais realista? Eu diria que tudo é real, transitório e reversível. Assim como um casamento pode não dar certo, uma separação também pode não dar certo. Não é uma ideia alentadora? Gente, nossa separação não deu certo! Volta tudo como era antes.

Melhor do que se preocupar com um *happy end* ou com um *unhappy end* é desejar que tudo tenha uma continuidade, estejamos sós ou acompanhados. O livro da Stella é mais ou menos isto: uma caminhada cheia de contratempos até descobrir com alívio, lá no fim, que não há fim, a vida segue.

19 de março de 2006

Um lugar para chorar

A dor vinha represada há dias, a mulher desejava apenas que não vazasse em hora imprópria, mas que controle poderia ter? Estava dirigindo rumo ao supermercado, quando uma música escapou do rádio para devorá-la inteira, e então, às dez e vinte de uma manhã de sexta-feira, numa rua bastante movimentada, ela começou a chorar.

Buscou os óculos na bolsa, mas não desligou o rádio, pois já não havia remédio, agora que desaguava. Os pensamentos aproveitaram a correnteza e invadiram o cérebro, cristalinos. Todas as verdades emergiram juntas: já que não havia mais como parar o sofrimento, ao menos seria prudente estacionar o carro. Procurou uma rua calma, encostou no meio-fio, mas havia pessoas na calçada. Arrancou. Em outra rua, estacionou diante de um prédio, mas logo viu o porteiro levantando do banquinho e se aproximando, quem é essa estranha? Foi embora.

Deslizou por avenidas que exigiam mais velocidade, mas não conseguia ultrapassar os quarenta quilômetros por hora, impossível ir rápido para lugar nenhum. Ela passeava lentamente pela tristeza que finalmente tinha vindo ao seu encontro, sem escolher o momento.

Perto do supermercado, quando parecia que estava começando a se controlar, uma nova implosão jogou mais e mais lágrimas pra fora, precisava parar. Foi para os arredores de um colégio, mas ali não era seguro, havia muitos conhecidos. Tentou uma pequena e abandonada alameda residencial, mas viu olhos espiando por trás das cortinas. Foi um pouco mais adiante, parou de novo em frente a um terreno baldio, e aí foi o medo que não permitiu que ficasse, era só o que faltava ser vítima de alguma outra violência, já lhe bastava o assalto dessa emoção que não cessava.

O Ray-Ban apoiado no nariz vermelho tentava esconder a pele úmida. Que ninguém alinhe o carro ao lado do meu neste sinal fechado, ela pensava enquanto pensava também em como estava vivendo a vida errada, a vida de outra pessoa que não era ela. Por onde começar a procurar aquela outra que havia sido um dia? Não se dava conta de que era exatamente o que acontecia, o tumultuado encontro dela com ela mesma a lhe atropelar por dentro.

Diminuiu o ritmo perto de uma igreja, mas havia uma parada de ônibus, impossível deter-se ali. Encostou diante de outro prédio, mas já havia morado naquela rua. Na frente do parque, não. Alguém viria cumprimentar, sempre há alguém que lembra de você de algum lugar.

Não conseguindo estacionar o carro, foi obrigada a estancar o choro. Limpou o rosto com um lenço de papel que encontrou no porta-luvas, olhou pelo retrovisor para ver se a aparência denunciava sua situação, e resolveu que dava para enfrentar a vida, bastava não tirar o Ray-Ban da cara.

Chegando ao supermercado, pegou um carrinho de compras e consultou a lista que a empregada lhe dera. Farinha. Carne de segunda. Azeite. Papel higiênico. Cebola. A mulher que ela não era assumira de novo o comando.

23 de abril de 2006

Mãos dadas no cinema

No Dia dos Namorados os restaurantes lotam, os vinhos são solicitados e as velas em cima da mesa são acendidas, há todo um clima propício para olhos nos olhos e confirmações verbais do amor. Clichê para quem vê de fora. Estando dentro, aceita-se as regras do jogo, é uma das formas recorrentes de comemoração. Mas, se eu tivesse que escolher o símbolo máximo do namoro, não me restringiria aos prazeres da mesa nem mesmo aos da cama, incluindo entre os da cama colocar sobre a colcha um gigantesco bicho de pelúcia, um dos presentes preferidos para celebrar a data. Namoro que é namoro está representado por algo muito mais simples, sutil, barato e íntimo: os dedos entrelaçados no escuro do cinema. De mãos dadas se constrói uma relação.

Do que sentem falta os amantes clandestinos? Luxúria eles têm de sobra. O que lhes falta é esta forma brejeira de intimidade: dar-se as mãos. Na rua é arriscado, há olhos por todos os lados, já no cinema é possível providenciar um encontro às escuras e ali realizar a mais tórrida aproximação de corpos, um ato realmente subversivo para adúlteros: unir as mãos como dois namorados.

Se, ao contrário, o casal tem um namoro oficializado, sem razão para segredo, ainda assim o segredo se manterá entre eles pelo simples fato de que as mãos dadas dentro do cinema não são uma representação pública de amor, e sim um carinho privado. Ninguém está testemunhando, ninguém está reparando, a plateia está toda de olho na tela, e o casal também, porém seguros um no outro através de um entrelaçamento que, à luz do dia, seria corriqueiro, um simples hábito sem maior significância, mas que num espaço compartilhado com estranhos, no escuro, torna-se uma forma particular e irresistível de cumplicidade.

Esse gesto mundano e trivial carrega um significado que muitas vezes nem mesmo um beijo – um beijo! – possui. Pergunte a uma viúva do que ela mais sente falta do falecido, e é bem capaz de ela lembrar só das incomodações que o infeliz causava, mas as mãos agarradas dentro do cinema hão de despertar sua saudade. Pergunte a mesma coisa a alguém que está vivendo uma dor de cotovelo daquelas. Mesmo sofrendo, é provável que não se comova com a lembrança das brigas e nem dos "eu te amo", mas ter que assistir a uma comédia romântica de braços cruzados há de feri-la de morte. E os casados há vinte, há trinta, há cinquenta anos? Podem atualmente rugir um para o outro na sala de jantar, mas dentro do cinema ainda tratam-se como se tivessem se conhecido ontem e não perdem o hábito instaurado no primeiro filme de suas vidas. Se não o fazem mais, é porque o casamento acabou e não foram avisados. O último resquício de amor ainda se confirma com as mãos dadas dentro do cinema. Há salvação para os que as mantêm unidas ao menos ali.

Amanhã será dia de restaurantes lotados. Aleluia, abrirão todos nesta segunda-feira, como costumam fazer as cidades civilizadas. Muitas rolhas de vinho tinto serão espocadas, umas tantas outras de champanhe. Quem tem fondue no cardápio servirá fondue, e mesmo as pizzas serão degustadas como um prato especial. Pudera, é mesmo um dia especial.

Mas será dentro dos cinemas que a declaração mais terna e espontânea se dará.

11 de junho de 2006

Travessuras

O novo livro de Mario Vargas Llosa é uma história de amor que dura uma vida inteira. Tudo começa no verão de 1950, no Peru, quando Ricardo, um rapazote de quinze anos que sonhava em morar em Paris, conhece Lily, uma adolescente com uma personalidade mais do que marcante. Ele se apaixona feito um bezerro, como ele mesmo define.

O livro conta a trajetória desse amor ora feliz e quase sempre infeliz. Lily some do Peru sem deixar rastros, Ricardo vai morar em Paris e só a reencontra anos depois. Ela some de novo e, passado um tempo, ele a reencontra em Londres. Ela desaparece outra vez e ele mais tarde a descobre em Tóquio, onde ela apronta todas e evapora, claro. E ainda mais uma vez se cruzam em Madri, ambos já cinquentões. Lily, essa mulher misteriosa que vai trocando de nome e de marido a cada aparição, é uma peste. Tem uma índole suspeita, hábitos condenáveis e é fria como uma manhã de inverno em São José dos Ausentes. Nem muito bonita é. Faz de Ricardo gato e sapato. Ele resiste? Nem tenta, pois sabe que não há como. O amor verdadeiro tem destas coisas: não se explica, não se controla, não se racionaliza, simplesmente toma conta. É uma droga, um vício, uma viagem entre o céu e o inferno, ida e volta, sem parar.

Vargas Llosa escreveu um livro encantador sob vários aspectos, não só pela original sequência de encontros e desencontros desse casal instável, mas também por retratar períodos significativos das principais cidades do mundo. E por escrever com mão de pluma, tratando com leveza a angústia humana e com isso dando ao livro um tom novo, sem o dramalhão que costuma caracterizar as histórias de amor não resolvidas.

Outra coisa que me chamou a atenção foi o título, *Travessuras da menina má*. "Menina má" é como Ricardo chamava carinhosamente a jararaca, mas o uso do termo "travessuras" é curioso. A mulher que ele ama não é travessa, caramba: é uma bisca. Mentirosa, falsa, sem escrúpulos – e fascinante, óbvio. Ricardo sabe que ela está a mil léguas da decência, mas seu amor impede que a julgue com a severidade dos adultos. Prefere resumir as sacanagens da amada como pequenas travessuras infantis. Só assim poderá perdoá-la a cada reencontro.

Travessuras. Quantas mulheres consideram assim as artimanhas dos maridos, quantos pais encaram como travessuras as mentiras e os furtos dos filhos, quantos de nós evitam o confronto com a verdade e, em vez de dar o nome certo às coisas, chamam erros graves de "travessuras" para poder perdoar? Aliás, diante do resultado das últimas eleições, ficou confirmado que o eleitorado brasileiro considerou como apenas uma travessura o que andou acontecendo nos bastidores do governo. Enxergar a verdade, quando se está apaixonado, nunca foi bom negócio, quem não sabe? Pois parece que anda servindo para a política também. Num caso ou no outro, só resta seguir em frente e torcer para que nossa condescendência seja recompensada.

29 de outubro de 2006

Prisioneiros do amor livre

Gosto de ler biografias, ter acesso aos bastidores da vida de alguém que admiro, contada de forma literária, sem o veneno da fofoca: é a investigação longa e precisa sobre um ser humano que, a despeito das virtudes que o tornaram uma celebridade, também possui fraquezas e às vezes escorrega como todos nós. A última que li foi a do casal Sartre e Simone de Beauvoir. Em *Tête-à-Tête* (mais de 450 páginas, editora Objetiva), ficamos sabendo dos pormenores de como se conheceram e como administraram as diversas outras relações amorosas que tiveram até o cerrar das cortinas.

Sempre fui uma entusiasta da produção intelectual dos dois, mas admito que, anos atrás, ao ler as 304 cartas que Simone de Beauvoir escreveu para seu amante americano (*Cartas a Nelson Algren,* editora Nova Fronteira), fiquei desconcertada com a chatice da autora. Que mulherzinha maçante. Em estado de paixão, ela me pareceu sufocante, manipuladora e por vezes até indelicada. Só quando se desapaixonava é que voltava a ser a feminista brilhante que tanta contribuição deu ao mundo.

Agora, lendo *Tête-à-Tête,* tive uma sensação parecida. Foi com o entusiasmo de sempre que mergulhei no pano de fundo do livro: as discussões em salas de aula da Sorbonne, as ideias que nasceram nos cafés de Saint-Germain e principalmente a fascinante teoria defendida por Sartre a respeito da liberdade: para ele, cada ser humano deveria assumir cem por cento as rédeas da sua vida. Tudo é fruto da nossa escolha, até mesmo quem iremos amar e que tipo de qualidades e defeitos iremos desenvolver em nós. Em sua opinião, não existe isso que chamamos de "a ordem natural das coisas", e por isso ser livre parece tão assustador. Sartre optou por não fugir da sua liberdade como muitas pessoas fazem, não admitiu ser regido por códigos preestabelecidos e construiu uma vida à sua maneira.

Teoricamente, acho instigante e excitante. Na prática, porém, é preciso ter cuidado para que isso não vire uma neura. Sartre, conforme a leitura de *Tête-à-Tête* avançava, me pareceu um prisioneiro da sua própria ideologia, relacionando-se "livremente" mais para comprovar sua tese do que por afetos reais. Por outro lado, Simone me pareceu uma mulher mais sinceramente envolvida com suas paixões, mas era outra prisioneira destas experiências libertadoras: arranjava mulheres para Sartre e depois caía de cama de tanto ciúme e desconcerto. São mentes cintilantes, escritores fundamentais para entender nosso século, mas quanto ao amor livre, não me pareceram tão livres assim. Sua profunda dedicação ao movimento existencialista, aos estudos e às pesquisas lhes deram a projeção merecida, mas lhes roubaram a chance de desenvolver uma vida amorosa mais espontânea. Mais hippie, se me permitem uma comparação incomum.

No final das contas, fiquei com a impressão de que liberdade é um conceito relativo: quem escolhe ser "mulher de um homem só" não é menos livre do que a mulher que intenciona ter o máximo de relações possível. Todas as metas teóricas são claustrofóbicas, pois a tendência é sermos engolidos por elas e nos vermos obrigados a seguir um rumo que talvez não seja condizente com nossa verdadeira inclinação emocional. Seguir nosso desejo é o que nos torna livres, e o desejo é variável, mutante, inclassificável – não pode ser considerado moderno ou antigo, é o que é.

E mesmo que consigamos obedecer apenas aos nossos instintos mais naturais, com toda a liberdade que isso implica, ainda assim pagaremos um tributo ao sofrimento, simplesmente porque viver, seja da maneira que for, nunca é fácil.

1º de abril de 2007

Amo você quando não é você

Parece uma daquelas notícias de jornal popular, mas merece uma página inteira na imprensa nobre. Escute só: um casal em crise estava, cada um, em segredo, trocando e-mails com um pretendente virtual. Ela querendo ver o marido pelas costas e totalmente envolvida pelo sujeito com quem teclava todos os dias. E o marido querendo que a bruaca evaporasse para poder curtir a gata que conheceu num chat. Você certamente já matou a charada: cada um marcou um encontro às ganhas com seu amor clandestino e adivinhe: descobriram que estavam teclando um com o outro sem saber.

Ou seja, marido e mulher não se amavam mais, porém se apaixonaram um pelo outro pela internet, usando pseudônimos. Imagine a cena: você se arruma para um primeiro encontro com alta carga erótica e dá de cara com seu cônjuge. Eu iria rir da situação e tentaria reinvestir no casamento desgastado, dessa vez estabelecendo novos códigos, mas o casal em questão não teve senso de humor e pediu o divórcio, alegando que estavam sendo "traídos". Moralismo nessa hora?

Não é preciso teses nem seminários: esse fato, isoladamente, consegue explicar e exemplificar o ponto frágil dos casamentos de longa duração. Todo ser humano é vaidoso – uns mais, outros menos –, e essa vaidade se estende ao campo da sedução. Por mais que a gente ame a pessoa com quem casamos, a passagem do tempo reduz o feedback sexual. As transas podem até continuar prazerosas e relativamente assíduas, mas já não temos certeza se seríamos capazes de chamar a atenção de alguém que nada soubesse sobre nós, e essa é uma necessidade que não esmorece nunca: seguimos interessantes? Seguimos atraentes? E a pergunta mais séria entre todas: depois de tanto tempo fundidos com um parceiro, sabemos ainda quem somos nós?

Sendo assim, ficamos suscetíveis a uma paquera. Pela internet, parece seguro, sem consequências, mas não impede que nos apaixonemos – nem tanto pelo outro, mas principalmente por nós mesmos. Recuperamos a adolescência perdida: nos tornamos novamente audazes, sedutores e jovens – paixão rejuvenesce mais que botox. É a chance para a gente se reinventar e ganhar uma sobrevida neste mausoléu de sentimentos chamado "estabilidade afetiva". Não, você não, que é de outra estirpe. Estou falando de gente comum.

Esse casal pagou um mico, mas fez um alerta à humanidade: somos capazes de nos apaixonar por quem já fomos apaixonados, desde que esta pessoa se apresente como uma novidade e nos dê também a chance de sermos quem a gente ainda não foi. Esse marido, que em casa talvez fosse carrancudo e desleixado, revelou-se bem-humorado e empreendedor para sua nova "namorada". A esposa, que em casa talvez bocejasse pelos cantos, mostrou-se alegre e entusiasmada para o novo "namorado". Estavam o tempo inteiro conversando com quem conheciam há anos, mas, da forma que se apresentaram, desconheciam-se.

Já escrevi uma vez sobre este tema: a gente se apaixona para corrigir nosso passado. Agora fica claro que podemos corrigir nosso passado com os próprios protagonistas do nosso passado, desde que eles nos enxerguem com olhos mais curiosos, com um coração mais disposto e que acenem com um novo futuro.

30 de setembro de 2007

Jogo de cena

O novo documentário de Eduardo Coutinho, *Jogo de cena*, merece ser visto por inúmeros motivos.

Primeiro, é um show de humanidade. Na tela, uma sequência de depoimentos de mulheres anônimas de todas as gerações e classes sociais. Elas contam seus dramas particulares como se estivessem numa sessão de psicanálise. São dramas parecidos com os de todo mundo: relações complicadas com filhos, separações conjugais, sonhos que foram adiados, superações, o enfrentamento da morte. Mas cada uma dessas histórias torna-se única pelo foco, pelo close, pela atenção que somos convidados a dar para cada uma dessas desconhecidas: atenção que quase não damos a mais ninguém aqui fora.

O pulo do gato da obra é que esses depoimentos são intercalados pela aparição de atrizes famosas que interpretam essas mulheres anônimas, repetindo o mesmo texto. Marília Pera, Fernanda Torres e Andréa Beltrão aceitaram o desafio, e aí vem o instigante do filme: não chegaram lá, apesar de toda a tarimba que possuem. Os depoimentos verdadeiros dão um baile nos depoimentos encenados. Fica evidente que ninguém consegue reproduzir uma emoção verdadeira, a não ser que não seja confrontado com a referência que lhe inspirou, ou seja: essas atrizes dão vida a personagens fictícios em novelas e peças de teatro com total competência, a gente até acredita que seus personagens existam, mas quando eles existem mesmo e são confrontados com a interpretação que recebem, a interpretação é desmascarada como tal. É incrível ver a reação das atrizes diante do resultado, elas ficam desestabilizadas por não conseguirem dramatizar com naturalidade aquilo que não é arte roteirizada, e sim vida real. E é nessa desestabilização que as atrizes também mostram sua faceta mais humana – e acabam por participar do documentário com depoimentos delas mesmas. Aí funciona.

Enfim, é um jogo de espelhos fascinante.

Por fim, mas não menos importante, todas as mulheres que aparecem no filme, por mais que tenham vidas sofridas – e como têm! – não perdem sua graça. No auge de seus depoimentos dilacerantes, surge uma ou outra frase que faz a plateia gargalhar, porque todas elas conseguem, em algum momento de sua narrativa, buscar algo que atenua o drama, que alivia a pressão, que relativiza o que está sendo contado. Não importa que elas não sejam grandes intelectuais: são inteligentes em sua postura de vida, sabem que até do sofrimento é possível arrancar um sorriso. Fiquei orgulhosa delas e de todas as mulheres que, mesmo mergulhadas em dor, não perdem a noção de que a vida é apenas uma breve passagem e merece ser curtida com esperança e sem reverência extrema. No final das contas, ficou claro que a tal alegria brasileira é mesmo redentora.

26 de março de 2008

Diferença de necessidades

"*Procedíamos de galáxias diferentes, como dois cometas que se cruzam efemeramente no espaço. Ele vinha da infância e nunca tivera uma parceira estável, queria me viver até me esgotar, queria que montássemos juntos uma casa, que sonhássemos um futuro, que nos enchêssemos de compromissos de eternidade até as orelhas. Eu provinha da fatigante travessia da idade madura e sabia que a eternidade sempre se acaba, e tanto mais cedo quanto mais eterna. E assim fui avarenta, me neguei a ele, afastei-o de mim. Quanto mais ele me exigia, mais me sentia asfixiada; e, quanto mais me regateava, mais ansiosamente ele queria me segurar. Dito isso, se ele se retirava, eu avançava, e então o perseguia e o exigia: porque o amor é um jogo perverso de vasos comunicantes.*"

Gastei bom pedaço da coluna transcrevendo esse parágrafo do excelente livro *A filha do canibal*, da espanhola Rosa Montero, pois eu não saberia descrever melhor a razão de tantos desencontros amorosos. O relato refere-se a um homem e uma mulher com alguma diferença de idade – ela é a mais velha, lógico, como tem se tornado comum hoje em dia. Muitas pessoas duvidam de que uma relação assim possa dar certo. Claro que pode. Tudo pode dar certo e tudo pode dar errado, e a idade nada tem a ver com isso, é apenas um detalhe na certidão de nascimento.

O que transforma nossa vida amorosa num melodrama é a diferença de necessidades. Aí não há casal que encontre seu ponto de apoio, seu eixo e seu futuro.

Um quer compromisso sério; para o outro, amar já é sério o suficiente. Um quer filhos, o outro nem em sonhos. Um quer uma casinha no meio do mato, o outro é curioso, precisa de informação, cinema, teatro, gente. Um valoriza a transa antes de tudo, o outro acha que conversar é importante também. Ao menos, os dois gostam de dançar.

Um quer se sentir o centro do universo, o outro quer incluí-lo no seu amplo universo. Um quer fugir da solidão, o outro aceita a solidão. Um não quer falar de suas dores, o outro pergunta demais. Um briga por amor, o outro silencia por amor. Os dois se amam, isso não se discute.

Um não precisa conhecer o mundo, o outro traz o mundo em si. Um é romântico para disfarçar a brutalidade, o outro é doce para despistar a secura. Um quer muito de tudo, o outro se contenta com o mínimo essencial. Nenhum dos dois liga pra dinheiro, mas o dinheiro quase sempre está no bolso de quem viveu mais. Um fica inseguro, o outro diz que nada disso importa, mas claro que importa.

Um quer que lhe deem atenção por 24 horas, o outro precisa que lhe esqueçam por uns instantes. Um quer aproveitar cada réstia de sol, o outro gostaria de dormir um pouco mais. Um gostaria de saber o que não sabe, o outro queria desaprender metade do que a vida lhe ensinou. Um precisa berrar, o outro chora.

Um quer ir embora e, ao mesmo tempo, não. O outro quer liberdade, mas a dois.

Então um se vai e deita em todas as camas, sofrendo. E o outro mergulha sozinho na dor, sobrevivendo.

Diferença de idade não existe. A necessidade secreta de cada um é que destrói ilusões e constrói o que está por vir.

4 de maio de 2008

Absolvendo o amor

Duas historinhas que envolvem o amor.

A primeira: uma mulher namora um príncipe encantado por três meses e então descobre que ele não é príncipe coisa nenhuma, e sim um bobalhão que não soube equalizar as diferenças e sumiu no mundo sem se despedir. Mais um, segundo ela. São todos assim, os homens. Ela resmunga: "Não dá mesmo para acreditar no amor".

Peraí. Por que o amor tem que levar a culpa desses desencontros? Que a princesa não acredite mais no Pedro, no Paulo ou no Pafúncio, vá lá, mas responsabilizar o amor pelo fim de uma relação e a partir daí não querer mais se envolver com ninguém é preguiça de continuar tentando. Não foi o amor que caiu fora. Aliás, ele talvez nem tenha entrado nessa história. Quando entra, é para contribuir, para apimentar, para fazer feliz. Se o relacionamento não dá certo, ou dá certo por um determinado tempo e depois acaba, o amor merece um aperto de mãos, um muito obrigada e até a próxima. Fique com o cartão dele, você vai chamá-lo de novo, vai precisar de seus serviços, esteja certa. Dispense namorados, mas não dispense o amor, porque esse estará sempre a postos. Viver sem amor por uns tempos é normal. Viver sem amor pra sempre é azar ou incompetência. Só não pode ser uma escolha, nunca. Escolher não amar é suicídio simbólico, é não ter razão para existir. Não adianta querer compensar com amor pelos amigos, filhos e cachorros, não é com eles que você fica de mãos dadas no cinema.

Segunda história: uma mulher ama profundamente um homem e é por ele amada da mesma forma, os dois dormem embolados e se gostam de uma maneira quase indecente, de tão certo que dá a relação. Tudo funciona como um relógio que ora atrasa, ora adianta, mas não para, um tiquetaque excitante que ela não divulga para as amigas, não espalha, adivinhe por quê: culpa. Morre de culpa desse amor que funciona, desse amor que é desacreditado em matérias de jornal e em pesquisas, desse amor que deram como morto e enterrado, mas que na casa dela vive cheio de gás e que ameaça ser eterno. Culpa, a pobre mulher sente, e mais: sente medo. Nem sabe de que, mas sente. Medo de não merecê-lo, medo de perdê-lo, medo do dia seguinte, medo das estatísticas, medo dos exemplos das outras mulheres, daquela mulher lá do início do texto, por exemplo, que se iludiu com mais um bobalhão que desapareceu sem deixar rastro – ou bobalhona foi ela, nunca se sabe. Mas o fato é que terminou o amor da mulher lá do início do texto, enquanto que essa mulher de fim de texto, essa criatura feliz e apaixonada é ao mesmo tempo infeliz e temerosa porque teve a sorte de ser premiada com aquilo que tanta gente busca e pouco encontra: o tal amor como se sonha.

Uma mulher infeliz por ter amor de menos, outra, infeliz por ter amor demais, e o amor injustamente crucificado por ambas. Coitado do amor, é sempre acusado de provocar dor, quando deveria ser reverenciado simplesmente por ter acontecido em nossa vida, mesmo que sua passagem tenha sido breve. E se não foi, se permaneceu em nossa vida, aí é o luxo supremo. Qualquer amor merece nossa total indulgência, porque quem costuma estragar tudo, caríssimos, não é ele, somos nós.

8 de junho de 2008

Dentro de um abraço

Onde é que você gostaria de estar agora, nesse exato momento?

Fico pensando nos lugares paradisíacos onde já estive, e que não me custaria nada reprisar: num determinado restaurante de uma ilha grega, em diversas praias do Brasil e do mundo, na casa de bons amigos, em algum vilarejo europeu, numa estrada bela e vazia, no meio de um show espetacular, numa sala de cinema assistindo à estreia de um filme muito esperado e, principalmente, no meu quarto e na minha cama, que nenhum hotel cinco estrelas consegue superar – a intimidade da gente é irreproduzível.

Posso também listar os lugares onde não gostaria de estar: num leito de hospital, numa fila de banco, numa reunião de condomínio, presa num elevador, em meio a um trânsito congestionado, numa cadeira de dentista.

E então? Somando os prós e os contras, as boas e as más opções, onde, afinal, é o melhor lugar do mundo?

Meu palpite: dentro de um abraço.

Que lugar melhor para uma criança, para um idoso, para uma mulher apaixonada, para um adolescente com medo, para um doente, para alguém solitário? Dentro de um abraço é sempre quente, é sempre seguro. Dentro de um abraço não se ouve o tique-taque dos relógios e, se faltar luz, tanto melhor. Tudo o que você pensa e sofre, dentro de um abraço se dissolve.

Que lugar melhor para um recém-nascido, para um recém-chegado, para um recém-demitido, para um recém-contratado? Dentro de um abraço nenhuma situação é incerta, o futuro não amedronta, estacionamos confortavelmente em meio ao paraíso.

O rosto contra o peito de quem te abraça, as batidas do coração dele e as suas, o silêncio que sempre se faz durante esse envolvimento físico: nada há para se reivindicar ou agradecer, dentro de um abraço voz nenhuma se faz necessária, está tudo dito.

Que lugar no mundo é melhor para se estar? Na frente de uma lareira com um livro estupendo, em meio a um estádio lotado vendo seu time golear, num almoço em família onde todos estão se divertindo, num final de tarde à beira-mar, deitado num parque olhando para o céu, na cama com a pessoa que você mais ama?

Difícil bater essa última alternativa, mas onde começa o amor senão dentro do primeiro abraço? Alguns o consideram como algo sufocante, querem logo se desvencilhar dele. Até entendo que há momentos em que é preciso estar fora de alcance, livre de qualquer tentáculo. Esse desejo de se manter solto é legítimo, mas hoje me permita não endossar manifestações de alforria. Entrando na semana dos namorados, recomendo fazer reserva num local aconchegante e naturalmente aquecido: dentro de um abraço que te baste.

12 de junho de 2008

O amor que a vida traz

Você gostaria de ter um amor que fosse estável, divertido e fácil. O objeto desse amor nem precisaria ser muito bonito, nem rico. Uma pessoa bacana, que te adorasse e fosse parceira já estaria mais do que bom. Você quer um amor assim. É pedir muito? Ora, você está sendo até modesto.

O problema é que todos imaginam um amor a seu modo, um amor cheio de pré-requisitos. Ao analisar o currículo do candidato, alguns itens de fábrica não podem faltar. O seu amor tem que gostar um pouco de cinema, nem que seja pra assistir em casa, no DVD. E seria bom que gostasse dos seus amigos. E precisa ter um objetivo na vida. Bom humor, sim, bom humor não pode faltar. Não é querer demais, é? Ninguém está pedindo um piloto de Fórmula 1 ou uma capa da *Playboy*. Basta um amor desses fabricados em série, não pode ser tão impossível.

Aí a vida bate à sua porta e entrega um amor que não tem nada a ver com o que você queria. Será que se enganou de endereço? Não. Está tudo certinho, confira o protocolo. Esse é o amor que lhe cabe. É seu. Se não gostar, pode colocar no lixo, pode passar adiante, faça o que quiser. A entrega está feita, assine aqui, adeus.

E agora está você aí, com esse amor que não estava nos planos. Um amor que não é a sua cara, que não lembra em nada um amor idealizado. E, por isso mesmo, um amor que deixa você em pânico e em êxtase. Tudo diferente do que você um dia supôs, um amor que te perturba e te exige, que não aceita as regras que você estipulou. Um amor que a cada manhã faz você pensar que de hoje não passa, mas a noite chega e esse amor perdura, um amor movido por discussões que você não esperava enfrentar e por beijos para os quais nem imaginava ter tanto fôlego. Um amor errado como aqueles que dizem que devemos aproveitar enquanto não encontramos o certo, e o certo era aquele outro que você havia solicitado, mas a vida, que é péssima em atender pedidos, lhe trouxe esse e conforme-se, saboreie esse presente, esse suspense, esse nonsense, esse amor que você desconfia que não lhe pertence. Aquele amor em formato de coração, amor com licor, amor de caixinha, não apareceu. Olhe pra você vivendo esse amor a granel, esse amor escarcéu, não era bem isso que você desejava, mas é o amor que lhe foi destinado, o amor que começou por telefone, o amor que começou pela internet, que esbarrou em você no elevador, o amor que era pra não vingar e virou compromisso, olha você tendo que explicar o que não se explica, você nunca havia se dado conta de que amor não se pede, não se especifica, não se experimenta em loja, como quem diz: ah, este me serviu direitinho.

Aquele amor corretinho por você tão sonhado vai parar na porta de alguém que despreza amores corretos, repare em como a vida é astuciosa. Assim são as entregas de amor, todas como se viessem num caminhão da sorte, uma promoção de domingo, um prêmio buzinando lá fora, mesmo você nunca tendo apostado. Aquele amor que você encomendou não veio, parabéns. Agradeça e aproveite o que lhe foi entregue por sorteio.

12 de abril de 2009

Achamos que sabemos

Outro dia assisti a um filme no DVD do qual nunca tinha ouvido falar – talvez porque nem chegou a passar nos cinemas. Chama-se *Vida de casado*, um drama enxuto, com apenas noventa minutos de duração e jeito de clássico. Gostei bastante. Um homem casado há muitos anos se apaixona por uma bela garota e com ela quer viver, mas não sabe como terminar seu casamento sem que isso humilhe a venerável esposa, então decide que é melhor matá-la para que ela não sofra: não é uma solução amorosa? Se fosse para resumir o filme numa única frase, seria: "Ninguém sabe o que está se passando pela cabeça da pessoa que está dormindo ao nosso lado".

Será que nós sabemos, de verdade, o que acontece a nossa volta? Achamos que sabemos.

Achamos que sabemos quais são as ambições de nossos filhos, o que eles planejam para suas vidas, esquecendo que a complexidade humana também é atributo dos que nasceram do nosso ventre, e que por mais íntimos e abertos que eles sejam conosco, jamais teremos noção exata de seus desejos mais secretos.

Achamos que sabemos o que o amor da nossa vida sente por nós, baseados em suas declarações afetuosas, seus olhares ternos, suas gentilezas intermináveis e sua permanência, mas isso diz tudo mesmo? Nem sempre temos conhecimento das carências mais profundas daquele que vive sob o nosso teto, e não porque ele esteja sonegando alguns de seus sentimentos, mas porque nem ele consegue explicar para si mesmo o que lhe dói e o que ainda lhe falta.

Achamos que sabemos quais são as melhores escolhas para nossa vida, e é verdade que alguma intuição temos mesmo, mas certeza, nenhuma. Achamos que sabemos como será envelhecer, como será ter consciência de que se está vivendo os últimos anos que nos restam, como será perder a rigidez e a saúde do corpo, achamos que sabemos como se deve enfrentar tudo isso, mas que susto levaremos quando chegar a hora.

Achamos que sabemos o que pensam as pessoas que nos fazem confidências. Aceitamos cada palavra dita e nos sentimos honrados pelas informações recebidas, sem levar em conta que muito do que está sendo dito pode ser da boca pra fora, uma encenação que pretende justamente mascarar a verdade, aquela verdade que só sobrevive no silêncio de cada um.

Achamos que sabemos decodificar sinais, perceber humores, adivinhar pensamentos, e às vezes acertamos, mas erramos tanto. Achamos que sabemos o que as pessoas pensam de nós. Achamos que sabemos amar, achamos que sabemos conviver e achamos que sabemos quem de fato somos, até que somos pegos de surpresa por nossas próprias reações.

Achar é o mais longe que podemos ir nesse universo repleto de segredos, sussurros, incompreensões, traumas, sombras, urgências, saudades, desordens emocionais, sentimentos velados, todas essas abstrações que não podemos tocar, pegar nem compreender com exatidão. Mas nos conforta achar que sabemos.

19 de abril de 2009

Condição de entrega

Acaba de ser revelado o que uma mulher quer – e que Freud nunca descobriu. Ela quer uma relação amorosa equilibrada onde haja romance, surpresa, renovação, confiança, proteção e, sobretudo, condição de entrega. É com essa frase objetiva e certeira que Ney Amaral abre seu livro *Cartas a uma mulher carente*, um texto suave que corria o risco de soar meio paternalista, como sugeria o título, mas não. É apenas suave.

Romance, surpresa e etecetera não chegam a ser novidade em termos de pré-requisitos para um amor ideal, supondo que amor ideal exista, mas "condição de entrega" me fez erguer o músculo que fica bem em cima da sobrancelha, aquele que faz com que a gente ganhe um ar intrigado, como se tivesse escutado pela primeira vez algo que merece mais atenção.

Mesmo havendo amor e desejo, muitas relações não se sustentam, e fica a pergunta atazanando dentro: por quê? O casal se gosta tanto, o que os impede de manter uma relação estável, divertida e sem tanta neura?

Condição de entrega: se não existir, a relação tampouco existirá pra valer. Será apenas um simulacro, uma tentativa, uma insistência.

Essa condição de entrega vai além da confiança. Você pode ter certeza de que ele é uma pessoa honesta, de que falou a verdade sobre aquele sábado em que não atendeu ao telefone, de que ele realmente chegará na hora que combinou. Mas isso não é tudo. Na verdade, isso não é nada.

A condição de entrega se dá quando não há competitividade, quando o casal não disputa a razão, quando as conversas não têm como fim celebrar a vitória de um sobre o outro. A condição de entrega se dá quando ambos jogam no mesmo time, apenas com estilos diferentes. Um pode ser mais rápido, outro mais lento, um mais aberto, outro mais fechado: posições opostas, mas vestem a mesma camisa.

A condição de entrega se dá quando se sabe que não haverá julgamento sumário. Diga o que disser, o outro não usará suas palavras contra você. Ele pode não concordar com suas ideias, mas jamais desconfiará da sua integridade, não debochará da sua conduta e não rirá do que não for engraçado.

É quando você não precisa fingir que não pensa o que, no fundo, pensa. Nem fingir que não sente o que, na verdade, sente.

Havendo condição de entrega, então, a relação durará para sempre? Sei lá. Pode acabar. Talvez vá. Mas acabará porque o desejo minguou, o amor virou amizade, os dois se distanciaram, algo por aí. Enquanto juntos, houve entrega. Nenhum dos dois sonegou uma parte de si.

Quando não há condição de entrega, pode-se arrastar, prolongar, tentar um amor pra sempre. Mas era você mesmo que estava nessa relação?

Condição de entrega é dar um triplo mortal pressentindo que há uma rede lá embaixo, mesmo que saibamos que não existe rede para o amor. Mas intuir a presença dela nos basta.

18 de abril de 2010

Contigo e sentigo

Sabemos como foi uma paixão pelo modo como ela termina. A maneira como se coloca o ponto final nas relações deixa evidente o verdadeiro espírito que norteou o que foi vivido.

Que tipo de final desejamos? De preferência, nenhum. Todo mundo quer um amor para sempre, desde que ele se mantenha estimulante, surpreendente, alegre, à prova de tédio. Ou seja, um amor miraculoso. Como milagre é do departamento das coisas impossíveis, é natural que as relações durem alguns anos ou muitos anos, e depois acabem. Lei da vida. Sofre-se o diabo, mas raros são aqueles homens e mulheres que nunca passaram por isso. O que fazer para amenizar a dor? Talvez ajude se analisarmos o final para entender como foi o durante.

Há os finais chamados civilizados. Ambos os envolvidos percebem o desgaste do relacionamento, conversam sobre isso, tentam mais um pouco, conversam novamente, arrastam a história mais uns meses, veem que nada está melhorando, aguardam passar o Natal e o Ano-Novo, fazem uma última tentativa e então decidem: fim. Lógico que é dilacerante. Não é nada fácil fazer uma mala, dividir os pertences e estipular visitas aos filhos, quando há filhos. A solidão espreita e assusta, e um restinho de dúvida sempre surge na hora do abraço de despedida. Mas foi um the end sem derramamento de sangue. Como conseguiram a façanha?

Provavelmente porque sempre escutaram um ao outro, porque não fizeram da relação um campo minado, porque as brigas eram exceções e não regra. É possível também que a relação fosse mais racional do que animal: ternura é bem diferente de paixão. Mas, enfim, mesmo sofrendo com a ruptura, deram a ela um fim digno, condizente com o que de bacana viveram juntos.

Agora vamos ao outro tipo de separação. Tire as crianças da sala.

A relação acaba geralmente depois de um ataque de ofensas, de uns "não aguento mais", de muita choradeira, de cortes na alma, de desconstrução total, de confissões gritadas: "Quer saber? Eu fiquei com ela, sim!". Garanto que se amam mais do que aquele casal que se separou assepticamente, mas perderam toda a paciência um com o outro, e também todo o respeito, e atingiram um limite difícil de transpor. Por que, depois desse quebra-quebra, não tentam um papo conciliador? Ora, porque não fazem a mínima ideia do que seja isso. Sempre foram atormentados pelo ciúme, pelas implicâncias diárias, pelas oscilações de humor, pela alternância de "te amo" e "te odeio". Terminam falando mal um do outro para quem quiser ouvir, e não raro aprontam umas vingançazinhas. Tudo muito, muito longe do sublime.

Tive um vizinho de porta que gritava com a namorada ao telefone, sem se importar que o prédio inteiro ouvisse: "Não sei o que fazer! Fico mal contigo e fico mal sentigo!". Sempre achei essa situação desoladora, e nem estou falando do português do sujeito. É duro ter apenas duas alternativas (ficar ou ir embora) e ambas serem terríveis.

Quando acaba docemente, é sinal de que você foi feliz e nada há para se lamentar. Se acaba de forma azeda, é porque a relação era mesmo caótica e tampouco se deve lamentar. Nos dois casos, a performance final ao menos ajuda a compreender o que foi vivido e a se preparar para um novo amor que não acabe nunca. Em tese.

14 de novembro de 2010

Veteranos de guerra

Outro dia li o comentário de alguém que dizia que o casamento é uma armadilha: fácil de entrar e difícil de sair. Como na guerra.

Aí fiquei lembrando dos desfiles de veteranos de guerra que a gente vê em filmes americanos, homens uniformizados em suas cadeiras de roda apresentando suas medalhas e também suas amputações. Se o amor e a guerra se assemelham, poderíamos imaginar também um desfile de mulheres sobreviventes desse embate no qual todo mundo quer entrar e poucos conseguem sair – ilesos. Não se perde uma perna ou braço, mas muitos perdem o juízo e alguns até a fé.

Depois de uma certa idade, somos todos veteranos de alguma relação amorosa que deixou cicatrizes. Todos. Há inclusive os que trazem marcas imperceptíveis a olho nu, pois não são sobreviventes do que lhes aconteceu, e sim do que *não* lhes aconteceu: sobreviveram à irrealização de seus sonhos, que é algo que machuca muito mais. São os veteranos da solidão.

Há aqueles que viveram um amor de juventude que terminou cedo demais, seja por pressa, inexperiência ou imaturidade. Casam-se, depois, com outra pessoa, constituem família e são felizes, mas dói uma ausência do passado, aquela pequena batalha perdida.

Há os que amaram uma vez em silêncio, sem se declarar, e trazem dentro do peito essa granada que não foi detonada. Há os que se declararam e foram rejeitados, e a granada estraçalhou tudo por dentro, mesmo que ninguém tenha notado. E há os que viveram amores ardentes, explosivos, computando vitórias e derrotas diárias: saem com talhos na alma, porém mais fortes do que antes.

Há os que preferem não se arriscar: mantêm-se na mesma trincheira sem se mover, escondidos da guerra, mas ela os alcança, sorrateira, e lhes apresenta um espelho para que vejam suas rugas e seu olhar opaco, as marcas precoces que surgem nos que, por medo de se ferir, optaram por não viver.

Há os que têm a sorte de um amor tranquilo: foram convocados para serem os enfermeiros do acampamento, os motoristas da tropa, estão ali para servir e não para brigar na linha de frente, e sobrevivem sem nem uma unha quebrada, mas desfilam mesmo assim, vitoriosos, porque foram imprescindíveis ao limpar o sangue dos outros.

Há os que sofrem quando a guerra acaba, pois ao menos tinham um ideal, e agora não sabem o que fazer com um futuro de paz.

Há os que se apaixonam por seus inimigos. A estes, o céu e o inferno estão prometidos.

E há os que não resistem até o final da história: morrem durante a luta e viram memória.

Todos são convocados quando jovens. Mas é no desfile final que se saberá quem conquistou medalhas por bravura e conseguiu, em meio ao caos, às neuras e às mutilações, manter o coração ainda batendo.

3 de abril de 2011

Amor?

Implico com títulos ou marcas acompanhadas de ponto de interrogação. Podem funcionar graficamente, mas pronunciá-los é uma chatice. Só que no caso do mais recente filme de João Jardim, o questionamento se aplica: aquilo que a gente assiste na tela é amor mesmo?

Amor? traz vários depoimentos de homens e mulheres que viveram relações conflituosas ao extremo, com violência física e até risco de morte. Os depoimentos são verdadeiros, e quem os interpreta (de forma comovente, diga-se) são atores que conseguem dar à obra um toque inquestionável de realismo. Tudo aquilo existe.

Quando, anos atrás, começou a se falar em "mulheres que amam demais" (há um grupo sério com a abreviatura MADA, que funciona nos moldes dos AA), muito me intrigou o uso do verbo amar como designação de uma patologia. Obsessão e descontrole são doenças sérias e merecem respeito e tratamento, mas batizar isso de "amar demais" é uma romantização e um desserviço. Fica implícito que amar tem medida, que amar tem limite, quando, na verdade, amar nunca é demais. O que existe são homens e mulheres que têm baixa autoestima, níveis exagerados de insegurança e que não distinguem amor de possessão. Se assinarmos embaixo de que isso é amar demais, acabaremos achando que quem vive uma relação serena, preservando a individualidade do outro, é alguém que ama de menos.

Logo, a pergunta de João Jardim procede e perturba. Impossível se manter neutro diante do filme, pois todos nós já vivemos ou testemunhamos um caso que começou por amor, mas terminou em dor e aniquilamento da identidade. Entre um depoimento e outro, o diretor optou por colocar vinhetas quase líricas, para nos dar um certo respiro diante da turbulência dos relatos. Curiosamente, uma dessas cenas mostra uma mulher submersa numa piscina, estática por alguns minutos. É uma cena aparentemente comum, mas que aos poucos vai angustiando: quanto tempo ela conseguirá ficar sem respirar?

Não existe relação sadia se ambos os envolvidos não conseguem respirar. Sufocamento, medo, violência, é tudo prenúncio de morte, enquanto que o amor é matéria-prima da vida, não compartilha com o desfacelamento da alegria. Claro que brigas são comuns e até necessárias para a sólida construção de uma história entre duas pessoas, mas quando usamos essa relação para resolver carências e fantasias da infância (e isso quase sempre acontece), é preciso encontrar uma medida para que o exagero dessa transferência não ponha tudo a perder.

Estamos todos fadados a amores doentios? Depende. Todo amor faz sofrer em determinados momentos, mas estaremos salvos se soubermos transcender o melodrama e viver um amor que é amor mesmo e ponto final.

24 de abril de 2011

Carla Bruni e o rock'n'roll

Carla Bruni, ex-top model, cantora, compositora e atual primeira dama da França, declarou em entrevista que seu casamento com o presidente Nicolas Sarkozy é muito rock'n'roll, usando uma expressão pouco usual para definir um relacionamento. Geralmente as relações amorosas estão mais para tango argentino.

A comparação com o rock veio do fato de ela, que sempre teve uma vida agitada, independente e fora dos padrões, ter se atrevido a um envolvimento formal com um chefe de Estado, cuja convivência exige o cumprimento de protocolos bem convencionais. E a recíproca é verdadeira, pois não são muitos os mandatários de uma nação que se divorciam e depois casam com uma artista que já é mãe e que tem no currículo namorados como Eric Clapton e Mick Jagger. Às favas com o bom-mocismo: o casal bancou o arranjo inusitado e parece levar muito bem sua relação.

O conceito "rock'n'roll", ao menos da forma como foi utilizado por Carla Bruni, nada tem a ver com noitadas, bebedeiras e drogas. Diz ela que sua rotina com o marido é bastante tranquila e discreta, e o que a fez se apaixonar por Sarkozy foi a descoberta de que ele, um dos homens mais poderosos do mundo, era um dedicado amante da jardinagem. Como se explica esse bolero em lugar do heavy metal?

Por muito tempo, o rock sobreviveu de sua má fama. O músico Frank Zappa certa vez disse que um repórter de rock é um jornalista que não sabe escrever, entrevistando gente que não sabe falar, para pessoas que não sabem ler. Ajudou a colocar uma laje sobre qualquer sofisticação que o rock viesse a almejar – ainda bem que o rock nunca teve essa pretensão, mas teve outras e parece que as realizou.

O rock'n'roll deixou de ser apenas um gênero de música. Dizer que ele simboliza atitude virou um clichê intragável, mas foi o que Carla Bruni tentou exprimir com sua declaração, só que sob um enfoque ampliado. A rebeldia do rock nada mais tem a ver com cortes de cabelo, modos de vestir ou hábitos ilícitos, e sim com o que lhe amparou os primeiros passos, lá atrás, nos tempos de Chuck Berry e Elvis Presley: a liberdade de fazer o que se quer, a despeito do que os outros vão pensar. Criar música não só para alma, mas para o corpo. Provocar reações físicas, despertar os ânimos, desafiar o silêncio. Acordar.

Não é preciso guitarras para fazer barulho. As pessoas mais roqueiras que conheço são apreciadoras de jazz, bossa nova e música clássica. Um casamento rock'n'roll nada mais é do que um compromisso entre um homem e uma mulher com facilidade em aceitar mudanças, coragem para sair das zonas de conforto, capacidade de surpreender e autoconfiança para ser quem verdadeiramente são, estejam no palco que estiverem. É por isso que o rock, até então um substantivo que designava um estilo musical, expandiu-se. Analisado como postura de vida, foi promovido a adjetivo.

2 de outubro de 2011

Quando menos se espera

Quando alguém se queixa de que não encontra sua cara-
-metade, que procura, procura, procura e nada, os amigos
logo lembram o queixoso de que o amor só é encontrado
ao acaso. Justamente no dia que você vai à padaria todo
esculhambado, poderá esbarrar na mulher da sua vida. E
naquela noite em que você sai do apartamento de pantufas
para ir até a garagem do prédio desligar a droga do alarme
do carro que disparou, o Cupido poderá atacar, fazendo
com que o príncipe dos sonhos divida com você o elevador. Não acredita? Eu acredito. Nas vezes em que saí de
casa preparada para a guerra voltei de mãos vazias. Todos
os meus namoros começaram quando eu estava completamente distraída. Mas não vale se fingir de distraída, tem
que estar realmente com a cabeça na lua. Aí, acontece.
O amor adora se fazer de difícil.

Pois foi meio assim que aconteceu com a universitária que foi parada numa blitz semana passada. Ela se
recusou a fazer o teste do bafômetro, então teve a carteira recolhida e prestou algumas informações. Voltou para
casa e pouco tempo depois recebeu um torpedo de um dos
agentes perguntando se ela estava no Facebook, pois ele
gostaria de conhecê-la melhor.

Vibro com essas conspirações do destino, que fazem
com que duas pessoas que estavam absolutamente despre-
paradas para um encontro amoroso (um trabalhando na

madrugada, outra voltando de uma festa) se encontrem de forma inusitada e a partir daí comece um novo capítulo da história de cada um. Claro, levando-se em conta que ambos tenham simpatizado um com o outro, que a atração tenha sido recíproca.

Não foi o caso. A universitária não se agradou do rapaz. Acontece muito. O Cupido passa trabalho, não é fácil combinar os pares. Nesses casos, todo mundo sabe o que fazer: basta não responder o torpedo, ou responder amavelmente dizendo que não está interessada, ou mandar um chega pra lá mais incisivo, desestimulando uma segunda tentativa.

A universitária desprezou essas três opções de dispensa. Inventou uma quarta maneira para liquidar o assunto: deu queixa do rapaz aos órgãos competentes. Dedurou o cara. Não perdoou que uma informação confidencial (o número do seu celular) houvesse sido utilizado indevidamente por um servidor público.

É duro viver num mundo sem humor. Uma cantada, uma reles cantada. Se fosse num bar, seria óbvia. Tendo sido após uma blitz, foi incomum. No mínimo, poderia ter arrancado um sorriso do rosto da garota que deveria estar pê da vida por ter a carteira apreendida. Depois de um fim de noite aborrecido, ela teve a chance de achar graça de alguma coisa, mas se enfezou ainda mais. No próximo sábado, é provável que esteja de novo na balada, cercada de outras meninas e meninos, a maioria se queixando de que o amor não dá mole.

19 de outubro de 2011

Vidas secas

Não é Graciliano Ramos, não é sobre o sertão, mas o filme francês *O garoto da bicicleta* também tem na aridez a sua força. Nada é úmido, nada é aguado, nada transborda no filme dos irmãos Jean-Pierre e Luc Dardenne. O garoto Cyril, interpretado magnificamente pelo ator Thomas Doret, corre ou pedala em quase todas as cenas. Corre atrás de um pai que não o ama, corre atrás de uma infância que lhe foi interditada, corre atrás de promessas de afeto, corre atrás de si mesmo sem nem saber por onde começar a procurar-se. Em cerca de 90 minutos de projeção, ele dá apenas dois meio-sorrisos, o que equivale a um só, e contido. No resto do tempo, carranca, seriedade, perplexidade com um mundo que lhe virou as costas. Só quando enfim aceita a ideia de que tem um pai imprestável que nunca lhe dará os cuidados e o amor necessários, é que percebe que existe um anjo a seu lado.

O mais curioso no filme é o comportamento desse anjo: uma cabeleireira bonitona que poderia estar tocando sua vida sem nenhuma responsabilidade maior a não ser trabalhar e namorar, mas que se compromete a cuidar de um guri surgido do nada, que nem parente é. Por que ela topa abrir mão da sua tranquilidade para ser guardiã de um menino-problema?

Porque sim. Só por isso.

Poderia ser uma história sentimentaloide, mas não há meio segundo de sentimentalismo no filme. Muito estranho. Não estamos acostumados com essa escassez de drama, ao menos não aqui, abaixo da linha do Equador, onde vivemos tudo entre lágrimas e sangue, amores e ódios líquidos. O filme mostra um menino de prováveis 11 anos, talvez 12, não mais que 13, levando todas as bordoadas que a vida pode lhe dar e mais algumas, e uma moça segurando a barra dele como se fosse uma questão de destino apenas, e não de uma escolha. Ninguém chora, ninguém berra, ninguém reclama, ninguém se exalta. E nessa economia de demonstração externa dos sentimentos, saltam no filme as dores silenciosas.

Elas. As dores silenciosas. As mais contundentes.

É um filme amparado por dois personagens extremamente raçudos. E eu fico me perguntando: quantos raçudos há entre nós? Quantas crianças que tiveram amor sonegado, que levaram essa recusa de afeto como se fosse uma pedrada na cabeça, que se deixaram abater pelo desânimo, cansaço e frustração, mas que tiveram que levantar, mesmo alquebrados, e seguir vivendo do jeito que era possível?

A maior sacanagem do mundo é não dar amor a quem não espera outra coisa. Um filho não espera outra coisa dos pais.

A maior benção do mundo é receber amor de quem a gente menos espera. E esse amor pode vir de qualquer um.

7 de dezembro de 2011

Construção

Quem não conhece o trabalho do poeta e escritor Fabrício Carpinejar, está em tempo. Abro esta crônica com uma citação extraída da ótima entrevista que ele deu para a revista *Joyce Pascowitch*: "O início da paixão é estratosférico, as pessoas não param quietas exibindo tudo que podem fazer. Depois passam a confessar o que realmente querem. A paixão é mentir tudo o que você não é. O amor é começar a dizer a verdade".

É mais ou menos isso. No começo, a sedução é despudorada, inclui, não diria mentiras, mas um esforço de conquista, uma demonstração quase acrobática de entusiasmo, necessidade de estar sempre junto, de falarem-se várias vezes por dia, de transar dia sim, outro também. A paixão nos aparta da realidade, é um período em que criamos um universo paralelo, é uma festa a dois em que, lógico, há sustos, brigas, desacordos, mas tudo na tentativa de se preparar para algo muito maior. O amor.

É aí que a cobra fuma. A paixão é para todos, o amor é para poucos.

Paixão é estágio, amor é profissionalização. Paixão é para ser sentida; o amor, além de sentido, precisa ser pensado. Por isso tem menos prestígio que a paixão, pois parece burocrático, um sentimento adulto demais, e quem quer deixar de ser adolescente?

A paixão não dura, só o amor pode ser eterno. Claro que alguns casais conseguem atingir o sublime – amarem-se apaixonadamente a vida inteira, sem distinção das duas "eras" sentimentais. Mas, para a maioria, chega o momento em que o êxtase dá lugar a uma relação mais calma, menos tórrida, quando as fantasias são substituídas pela realidade: afinal, o que se construiu durante aquele frenesi do início? Uma estrutura sólida ou um castelo de areia?

Quando a paixão e o sexo perdem a intensidade é que aparecem os outros pilares que sustentam a história – caso eles existam. O que alicerça de fato um relacionamento são as afinidades (não podem ser raras), as visões de mundo (não podem ser radicalmente opostas), a cumplicidade (o entendimento tem que ser quase telepático), a parceria (dois solitários não formam um casal), a alegria do compartilhamento (um não pode ser o inferno do outro), a admiração mútua (críticas não podem ser mais frequentes que elogios), e principalmente, a amizade (sem boas conversas, não há futuro). Compatibilidade plena é delírio, não existe, mas o amor requer um mínimo de consistência, senão o castelo vem abaixo.

O grande desafio dos casais é quando começa a migração do namoro para algo mais perene, que não precisa ser oficializado ou ter a obrigação de durar para sempre, mas que já não se permite ser frágil. Claro que todos querem se apaixonar, não há momento da vida mais vibrante. Mas que as "mentirinhas" sedutoras lá do começo tenham a sorte de evoluir até se transformarem em verdades inabaláveis.

10 de junho de 2012

De onde surgem os amores

Uma amiga na casa dos 50 estava solteira há anos. Já tinha perdido a esperança de encontrar um novo namorado, e tampouco se sentia ansiosa por causa disso. Havia casado duas vezes, tinha um filho bacana e podia muito bem viver sem amor, essas mentiras que a gente conta pra nós mesmos. De qualquer forma, pra não perder o hábito, saía de vez em quando à noite, ia pra balada, se produzia bonitinha, vá que. Mas voltava invariavelmente sozinha pra casa. Até que um ex-paquera do tempo que ela era uma debutante fez contato – ele, depois de muitos anos morando no exterior, voltaria para o Brasil e gostaria de revê-la. Milagre by Facebook. Ela disse claro, imagina, vai ser ótimo, mas não sabia quando exatamente a promessa desembarcaria no Galeão. Seguindo sua vida, foi para a piscina do clube num sábado de manhã e lá, estando bem acima do peso, suada e com um biquíni do tempo das cavernas, num daqueles dias em que só falta a placa pendurada no pescoço dizendo "Não se aproxime", ela escutou seu nome sendo pronunciado por uma voz aveludada. Era o dito cujo, testemunhando in loco no que a debutante havia se transformado depois de tantos anos. Ela pensou na hora: esse cara vai sair em disparada. Ele pensou na hora: não desgrudo mais dessa mulher. E assim foi. Certa de que só com dieta, grife e chapinha atrairia olhares, ela conquistou um guapo no momento em que menos se sentia atraente.

Outra história. Atriz, loira, linda, olhos verdes, leva um fora do namorado. Passa dias com olheiras e inchaços de tanto chorar. Deprê em estágio avançado. A família organiza um almoço do tipo italiano, aberto ao público. Ela vai entupida de ansiolíticos e lá encontra um antigo conhecido com quem brincava na infância. Ele, recém-separado, mas inteiro. Ela, recém-separada, mas um trapo. Ficaram ali conversando, ela lamentando seu destino, desabafando sobre sua má sorte, quando, em meio a soluços, a mulher se engasga. Mas engasga feio. Engasga de quase morrer. Um vexame. Pelo menos uns dez parentes vieram esmurrar suas costas, e a coitada vertendo lágrimas sem conseguir respirar, roxa como uma berinjela, já encomendando a alma. Ela me conta: naquele dia eu havia saído de casa me sentindo horrorosa, e aquele engasgo piorou ainda mais a situação, eu parecia o demo convulsionando. Mas o amiguinho de infância não teve essa impressão. No dia seguinte telefonou para saber como ela estava passando, e estão casados há 15 anos.

Mais uma: depois de 21 anos de uma relação muito bem vivida, veio a separação amigável. Porém, mesmo sendo amigável, nunca é fácil sair de um casamento, ainda mais de um casamento que não era um inferno, apenas havia acabado por excesso de amizade. Ela pensou: acabou, agora é a hora do luto, normal, um recolhimento me fará bem. Não deu uma semana e um estranho tocou o número do seu apartamento no porteiro eletrônico. Ela não reconheceu a voz, o nome, não sabia quem era, e não deu trela.

Ele tentou outra vez no dia seguinte: ela tampouco abriu a porta, achou que o cara havia se enganado de prédio. No terceiro dia, ela resolveu esclarecer pessoalmente o equívoco. Desceu até à portaria para convencer o insistente de que ela não era quem ele procurava.

Era.

Do que se conclui: de onde muito se espera – boates, festas, bares – é que não surge nada. O amor prefere se aproximar dos distraídos.

5 de agosto de 2012

Corpo interditado

Estava num café esperando por uma amiga. Enquanto o tempo passava, fiquei observando o ambiente. Outra mulher estava sozinha a poucas mesas de distância, também esperando alguém atrasado. O atrasado dela chegou antes da minha. Vi quando ela se levantou para cumprimentá-lo. Deram-se dois beijinhos. Os dois beijinhos mais vacilantes e constrangedores que podem ocorrer entre um casal. Talvez fosse delírio meu, mas tenho quase certeza de que eram ex-amantes, ex-namorados, ou um ex-marido e uma ex-esposa que haviam terminado a relação poucos dias atrás, no máximo alguns meses atrás.

    É uma cena clássica. Depois de anos de amor e intimidade, a relação se desfaz. Os dois juram nunca mais se ver, odeiam-se por algumas semanas, até que um dia surge uma pendência para ser conversada, ou simplesmente resolvem tomar um drinque para provar ao mundo que a amizade prevaleceu, essas cenas aparentemente civilizadas que trazem significados ocultos. Ou pior: encontram-se sem querer num estacionamento no centro da cidade, num corredor de shopping, num quiosque do mercado público. Você aqui? Que surpresa. E os dois beijinhos saem de uma forma tão desengonçada que seria motivo pra rir, não fosse de chorar. Eles não se possuem mais fisicamente.

Interdição do corpo. Um dos troços mais sofridos de um final de relacionamento, que só se vai experimentar depois de um tempo afastados. Uma coisa é você ficar racionalizando sobre o desenlace trancafiada no quarto, ele ficar ruminando sobre as razões do rompimento enquanto trabalha. Uma coisa é você chorar durante o banho para disfarçar os olhos inchados, ele falar mal de você em bares, fingindo que se livrou da Dona Encrenca. Uma coisa é você consultar uma cartomante a fim de acreditar em dias mais promissores, ele sair com umas lacraias bonitinhas para provar que te esqueceu.

Outra coisa é quando os dois se encontram, cara a cara, depois de semanas ou meses apenas se imaginando.

Ele está ali na sua frente. Mas você não pode agarrar seus cabelos, não pode passar a mão no seu peito, não pode rir de uma piada interna que só pertence aos dois, porque está oficializado que nada mais pertence aos dois.

Ela está ali na sua frente. Mas você não pode mais dar uma beliscadinha na sua bunda, não pode mais beijá-la na boca, não pode mais dizer uma bobagem em seu ouvido, porque está oficializado que ela agora é apenas uma amiga, e não se toma esse tipo de liberdade com amigas.

Depois de terem vivido, por anos, a proximidade mais libidinosa e abençoada que pode haver entre duas pessoas apaixonadas, vocês agora estão proibidos ao toque. Não se amam mais, é o que ficou decretado. Logo, os códigos de aproximação mudaram. Você dará dois beijinhos na mulher que tantas vezes viu nua, como se ela fosse uma prima. Você dará dois beijinhos no homem para quem tanto se expôs, como se ele fosse um colega de escritório.

O corpo interditado. Você não pode mais tocá-lo, você não pode mais tocá-la. O definitivo sinal de que o fim não era uma ilusão.

26 de agosto de 2012

A melhor versão de nós mesmos

Alguns relacionamentos são produtivos e felizes. Outros são limitantes e inférteis. Infelizmente, há de ambos os tipos, e de outros que nem cabe aqui exemplificar. O cardápio é farto. Mas o que será que identifica um amor como saudável e outro como doentio? Em tese, todos os amores deveriam ser benéficos, simplesmente por serem amores. Mas não são. E uma pista para descobrir em qual situação a gente se encontra é se perguntar que espécie de mulher e que espécie de homem a sua relação desperta em você. Qual a versão que prevalece?

A pessoa mais bacana do mundo também tem um lado perverso. E a pessoa mais arrogante pode ter dentro de si um meigo. Escolhemos uma versão oficial para consumo externo, mas os nossos eus secretos também existem e só estão esperando uma provocação para se apresentarem publicamente. A questão é perceber se a pessoa com quem você convive ajuda você a revelar o seu melhor ou o seu pior.

Você convive com uma mulher tão ciumenta que manipula para encarcerar você em casa, longe do contato com amigos e familiares, transformando você num bicho do mato? Ou você descobriu através da sua esposa que as pessoas não mordem e que uma boa rede de relacionamentos alavanca a vida?

Você convive com um homem que a tira do sério e faz você virar a barraqueira que nunca foi? Ou convive com alguém de bem com a vida, fazendo com que você relaxe e seja a melhor parceira para programas divertidos?

Seu marido é tão indecente nas transações financeiras que força você a ser conivente com falcatruas?

Sua esposa é tão grosseira com os outros que você acaba pagando micos pelo simples fato de estar ao lado dela?

Seu noivo é tão calado e misterioso que transforma você numa desconfiada neurótica, do tipo que não para de xeretar o celular e fazer perguntas indiscretas?

Sua namorada é tão exibida e espalhafatosa que faz você agir como um censor, logo você que sempre foi partidário do "cada um vive como quer"?

Que reações imprevistas seu amor desperta em você? Se somos pessoas do bem, queremos estar com alguém que não desvirtue isso, ao contrário, que possibilite que nossas qualidades fiquem ainda mais evidentes. Um amor deve servir de trampolim para nossos saltos ornamentais, não para provocar escorregões e vexames.

O amor danoso é aquele que, mesmo sendo verdadeiro, transforma você em alguém desprezível a seus próprios olhos. Se a relação em que você se encontra não faz você gostar de si mesmo, desperta sua mesquinhez, rabugice, desconfiança e demais perfis vexatórios, alguma coisa está errada. O amor que nos serve e que nos faz evoluir é aquele que traz à tona a nossa melhor versão.

3 de novembro de 2012

Dialogando com a dor

Não simpatizo nada com a ideia de sentir dor. Para minha sorte, elas foram raras. Vivi dois partos normais que pareceram um piquenique no campo, nada doeu, sobrou relaxamento e prazer. Quando penso em dor física, o que me vem à lembrança são as idas ao dentista quando era criança. Começava a sofrer já na noite anterior, sentia enjoos fortíssimos, não conseguia dormir, passava a madrugada chorando só de imaginar que no dia seguinte teria que enfrentar a broca e seu barulho aterrorizante. Estou falando de uma época em que crianças tinham cárie – hoje muitas nem sabem o que é isso, bendito flúor.

O que fazer em relação a esse tipo de dor? Se nos pega de surpresa (um tombo, uma cabeçada, um corte), suportar. Se for uma dor interna, tomar um analgésico e esperar que passe. Não se pode dialogar com a dor física. Músculos, nervos, órgãos, pele, essa turma não escuta ninguém. Ainda bem que (com exceção das dores crônicas) não são dores constantes, e sim pontuais. De repente, somem.

Já a dor psíquica não é tão breve. Pode durar semanas. Meses. Sem querer ser alarmista, pode durar uma vida. Porém, ela é mais elegante que a dor física: nos dá a chance de chamá-la para um duelo, ao contrário da outra, que é um ataque covarde. A dor psíquica possibilita um diálogo, e isso torna a luta menos desigual. São dois pesos-pesados, sendo que você é o favorito. Escolha suas armas para vencê-la.

Armas?

Por exemplo: redija cartas para si mesmo. Escreva sobre o que você sente e depois planeje seus próximos passos. Escrever exorciza, invoca energia. Cartas para si mesmo estabelecem uma relação íntima entre você e sua dor. Amanse-a.

Terapia. A cura pela fala. Você buscando explicar em palavras como foi que permitiu que ela ganhasse espaço para se instalar, de onde você imagina que ela veio, quem a ajudou a se apoderar de você. Uma investigação minuciosa sobre como ela se desenvolveu e sobre a acolhida que recebeu: sim, nós e nossas dores muitas vezes nos tornamos um só. É difícil a gente se apartar do que nos dói, pois às vezes é a única coisa que dá sentido à nossa vida.

Livros. O mais deslumbrante canal de comunicação com a dor, pois através de histórias alheias reescrevemos a nossa própria e suavizamos os efeitos colaterais de estar vivo. Ler é o diálogo silencioso com nossos fantasmas. A leitura subverte nossas certezas, redimensiona nossos dramas, nos emociona, faz rir, pensar, lembrar. Catarses intimidam a dor.

Meditação. Religião. Contato com a natureza. Viagens. Amigos. Solidão. Você decide por qual caminho irá dialogar com a sua dor, num enfrentamento que, mesmo que você não saia vitorioso, ao menos fortalecerá seu caráter.

Quem não dialoga com sua dor psíquica não a reconhece como a inimiga admirável que é, capaz de torná-lo um ser humano mais forte. A reduz a uma simples dor de dente e, como uma criança, desespera-se sozinho no escuro.

31 de março de 2013

O amor mais que romântico

Quando era criança, assistia a filmes e novelas românticas e pensava: será que um dia escutarei "eu te amo" de alguém? É bem verdade que ouvia todo dia da minha mãe, mas não era do mesmo jeito que o Francisco Cuoco dizia para a Regina Duarte. Eu sonhava com o "te amo" apaixonado, dito por um homem lindo, e com a voz um pouco trêmula, para deixar sua emoção bem evidente. Será que era invenção do cinema e da tevê, ou essas coisas poderiam acontecer mesmo?

Passou o tempo. Cresci, ouvi e retribuí. Clichê? Que seja, mas não há quem não se emocione ao escutar e ao dizer, ao menos nas primeiras vezes, em pleno encantamento da relação, quando a declaração ainda é fresca, pungente, verdadeira, a confirmação de algo estupendo que se está experimentando, um sentimento por fim alcançado e que se almeja eterno. Depois ele entra no circuito automático, vira aquele "te amo" dito nos finais dos telefonemas, como se fosse um "câmbio, desligo".

O tempo seguiu passando, e me encontro aqui, agora, descobrindo que há outro tipo de "te amo" a ser escutado e falado, diferente dos que acontecem entre pais e filhos e entre amantes. É quando o "te amo" não é dito a fim de firmar um compromisso, para manter alguém a par das nossas intenções ou experimentar uma cena de novela. Ele vem desvinculado de qualquer mensagem nas entrelinhas, não possui nenhum caráter de amarração e tampouco expectativa de ouvir de volta um "eu também". É singular. Estou falando do amor declarado não só quando amamos com romantismo, mas também de outra forma.

Explico: tenho dito "te amo" para amigas e amigos, e escutado deles também. Uma declaração bissexual e polígama, que resgata esse sentimento das garras da adequação. Volta a ser o amor primitivo, verdadeiro, sem nenhuma simbologia, puro afeto real. Amor por pessoas que não conheci ontem num bar, e sim por quem já tenho uma história de vida compartilhada. Amor manifestado espontaneamente àqueles que não me exigem explicações, que apoiam minhas maluquices, que fazem piada dos meus defeitos, que já tiveram acesso ao meu raio X emocional e sabem exatamente o que levo dentro – e eu, da mesma forma, tudo igual em relação a eles. Mais do que nos amamos – nos sabemos.

É um "te amo" que cabe ser dito inclusive aos ex-amores, ao menos aos que nos marcaram profundamente, aos que nos auxiliaram na composição do que nos tornamos, e que mesmo nos tendo feito sofrer, foram fundamentais na caminhada rumo ao que somos hoje. E indo perigosamente mais longe: esse ex-amor pode ainda ser seu marido ou sua mulher, mesmo já não fazendo seu coração saltar da boca. Pelo trajeto percorrido, e por ter alcançado o posto de um amigo mais que especial, merece uma declaração igualmente comovida.

É quando o "eu te amo" deixa de ser sedução para virar celebração.

12 de junho de 2013

Sexo

A primeira noite de uma mulher

A primeira relação de um rapaz costumava dar-se em casas de tolerância, também conhecidas como prostíbulos, inferninhos, casas de massagem, antros da perdição.

Se a iniciação não se dava com prostitutas, se dava com a empregada da casa, numa relação meio feudal, onde o patrãozinho tomava certas liberdades enquanto que à Maria restava o direito de ficar calada.

Se não era com a empregada, era com uma prima mais velha ou com uma amiga da irmã recém-chegada da Suécia. Até hoje, a primeira vez de um garoto se dá mais ou menos assim, com quem se habilitar e rapidinho, porque há pressa em entrar para o mundo dos homens. O pai pressiona, os amigos pressionam, não há tempo a perder com flores e bombons.

Antes de a mulher conquistar os mesmos direitos, ninguém questionava o modo como se dava a iniciação sexual de um adolescente. Garotas, era na lua de mel. Rapazes, quanto mais cedo, melhor. Mas esses garotos que tiveram tanta pressa em se desfazer da virgindade hoje são pais de meninas que – surpresa! – também não estão querendo esperar pelo grande amor para entrar na vida adulta. Afinal, as meninas também devem iniciar-se sexualmente movidas pela curiosidade, pela indução das amigas, para terem uma história para contar?

Curto e grosso: não. Muitos hábitos que pertenciam apenas ao mundo masculino foram bem-vindos entre as mulheres, como o direito a voto, a entrada no mercado de trabalho, o direito de sair à noite com as amigas para tomar um chope e de ter vida sexual antes de subir ao altar. Em troca, endurecemos, pero perder la ternura, você sabe. A primeira noite de uma mulher pode nem ser de noite. Pode ser à tarde, ou pela manhã, mas será um desperdício se não houver uma razão mais forte do que a simples vontade de ver qual é.

Caretice minha, pode ser. Às vezes cansa ser moderna. Intimidade, por exemplo, é uma coisa que não muda através de gerações, não entra nem sai de moda, não é para consumo de massa. Por mais madura que uma adolescente seja, pouco vai adiantar ter viajado à Disney sozinha ou assistir todas as séries de tevê quando, pela primeira vez, tirar a roupa na frente de um homem. Não é tarefa fácil nem para balzaquianas calejadas, o que dirá para uma garota cheia de fantasias na cabeça. É um momento único, que se repetirá milhares de vezes, mas nunca mais dessa forma inédita, com direito a tremor de pernas, espanto e excitação. Por ser uma estreia, a mais aguardada delas, merece ser compartilhada com alguém que sinta pela menina muito mais do que desejo, alguém que tenha capacidade de receber não só o seu corpo, mas também sua inibição, seus suspiros, sua ansiedade. Alguém que saiba que existem coisas mais importantes na vida do que participar de um pega e ouvir sertanejo universitário. Alguém que veja o sexo como consequência de uma relação bonita, estável, apaixonada, e não como um fogo a ser apagado dentro do carro mesmo, de qualquer jeito, seja com quem for.

Romantismo para as mulheres, sacanagem para os homens, então ainda é assim? Não, crianças. Romantismo para homens e mulheres, sacanagem para homens e mulheres, tudo à sua hora. Também acho que não deve ser legal para os garotos transar por transar, só para satisfazer o pai e ter uma história para contar aos amigos, história essa muito mais inventada do que vivida. Ideal seria que sexo e emoção andassem de mãos dadas, pelo menos no início da puberdade, quando tudo é descoberta. Depois cada um escolhe o seu jeito de ser e viver, de acordo com o que aprendeu, sofreu, vivenciou. Mas, ao dar os primeiros passos, é recomendável proteger-se das decepções, não deixar o encanto quebrar tão rápido. Aos 16, aos 20, aos 25 anos, que seja linda a primeira vez, com alguém que saiba ao menos o seu nome completo. Agora, depois dos 25, seguindo invicta, esqueça tudo o que foi dito aqui. O cara diz oi, você diz topo. Você é romântica, mas não é louca.

Outubro de 1996

O sexo natural

Sexo, sexo, sexo. É sobre o que a gente mais fala, é o que a gente mais vê na mídia, é o que a gente mais deseja. Sexo, sexo, sexo. Dizem que não pensamos em outra coisa. Concordo, mas estamos pensando errado.

É compreensível que o sexo domine nossa atenção, sendo estupendo do jeito que é. No entanto, há uma distorção na maneira como ele está sendo "vendido" no mercado. Sexo nunca esteve tão associado a fetiche, violência e vulgaridade. As musas são sadomasoquistas ou clones de prostitutas. As revistas femininas insistem em sugerir truques baratos de sedução. As letras das músicas, então, fazem com que todo interessado em sexo pareça um retardado mental. "Vai, popozuda, requebra legal." É o Ciranda, Cirandinha do novo milênio.

Sexo é a melhor coisa do mundo. A segunda melhor coisa também é sexo. E a terceira, quarta e quinta, você sabe, sexo. Sexo é bom como dormir, sexo é bom como um cachorro-quente, sexo é bom como um chope bem gelado, como furar uma onda, receber um presente, rir com os amigos. Sexo é bom como a vida.

Os pais devem tirar as dúvidas que seus filhos têm sobre sexo como quem conversa sobre viagens de trem ou sobre jazz. Jovens devem ter curiosidade sobre sexo como quem tem curiosidade sobre a altura da torre Eiffel ou sobre a temperatura do mar do Caribe. As pessoas devem desejar sexo como desejam ler um poema de Fernando Pessoa ou de Drummond. Sexo, definitivamente, não é sacanagem.

A fixação pelo sexo está fazendo com que a gente perca a naturalidade. Parece que ninguém pode iniciar a vida sexual sem antes ler o contrato: é preciso transar no mínimo três vezes por semana, ter orgasmos múltiplos, a relação deve durar uma média de vinte minutos, exige-se lingerie sexy, tem que usar camisinha, não pode transar no primeiro encontro mas também não pode casar virgem. Agora é só assinar as três vias e reconhecer firma em cartório. Pronto, você já é um especialista.

Excetuando-se a questão da camisinha, que infelizmente é mesmo obrigatória para o sexo seguro, o resto é puro instinto. Todo mundo nasce sabendo o que é sexo e como se faz. É como tomar um gole d'água, como sonhar, como dançar. Sexo é do bem. Sexo é prazer. Se desde sempre tratássemos do assunto sem drama e sem excesso de romantismo, hoje o sexo não precisaria de tanta explicação, de tantas exigências e de tanta propaganda. Nem deixaria tanta gente assustada, com medo de errar.

Setembro de 2000

Sexo nas alturas

Soube que a nova mania dos jovens casais ingleses é transar numa das cabines da imensa roda-gigante instalada ao lado do Parlamento de Westminster, em Londres, a 135 metros de altitude. Santa vertigem.

Transar em lugares insólitos é um dos grandes fetiches de homens e mulheres. Invariavelmente as revistas masculinas perguntam para seus entrevistados qual foi o lugar mais estranho onde já fizeram amor. Algumas respostas são clássicas. Dentro do mar. No chuveiro. No banco traseiro de um fusca. No banco dianteiro também. No elevador. Na cabine de um trem. No mato.

Depois começam as sofisticações. No provador de uma loja de departamentos. Em cima de uma moto (mas em baixa velocidade). No confessionário de uma capela. Numa cabine telefônica do centro da cidade, às três e meia da tarde de uma quinta-feira. Chovia, se não me engano.

Essas transas parecem quentes, mas servem mesmo é para, dias depois, serem narradas em detalhes numa mesa de bar. Já que em lugares pouco confortáveis a performance acaba comprometida, reserva-se o orgasmo para a hora de contar para os outros. E serão orgasmos múltiplos, caso a empreitada tenha se dado no banheiro de um avião. Só contorcionistas profissionais e mentirosos patológicos podem explicar este fenômeno.

Num banheiro de avião não há espaço suficiente para você e sua escova de dentes, o que dirá para você e outra pessoa. Quando alguém conta as maravilhas de transar no banheiro de um avião, é mais provável que tenha frequentado o banheiro da Gisele Bündchen do que o de um DC10.

Eu sou adepta da boa e tradicional cama. Retangular, de preferência, que as redondas me tiram o senso de direção. Colchão de molas, incontáveis travesseiros, abajur com uma lâmpada de 40 watts, música opcional. Sem espelhos. Sem vídeos pornôs. Sem crianças num raio de dez quilômetros. Telefone desligado. Os relógios esquecidos numa gaveta fechada. Tempo de sobra. Privacidade. E depois emendar com o sono, nem levantar. Você já experimentou? É nitroglicerina pura.

Outubro de 2000

Procura-se orgasmo

A liberação sexual concedeu às mulheres o direito de reivindicar por aqueles dez segundos de plenitude máxima, em que elas esquecem que têm estrias e que a taxa do condomínio vai aumentar: orgaaaaaaaaasmo!! Quem não tem, quer o seu. É um direito legítimo e intransferível. Uma revista deu até matéria de capa na semana passada: diz que a ciência está ajudando as mulheres a terem mais prazer sexual. Parece um progresso esta discussão, mas talvez não seja. Uma tia minha, habitante da casa dos setenta, resume o que penso: "Esta história de não ter orgasmo é coisa da modernidade. No meu tempo, todo mundo tinha orgasmo, ninguém perdia tempo com esta conversa".

Reconheço que muitas mulheres possuem distúrbios sexuais, mas dizer que são mais de 50% me parece uma porcentagem exagerada. Dá a entender que antes de termos liberdade para discutir o assunto, as mulheres eram todas umas reprimidas e carentes de ooohhhhh e aaaahhhh. Não podemos deixar que mantenham de nós esta falsa impressão. Orgasmo, pra existir, não depende de globalização, imprensa livre, pílula anticoncepcional ou Camille Paglia. Se anda escasso, o problema talvez seja justamente por excesso de informação.

Quantos orgasmos as modelos da Victoria Secret têm por dia? Aposto que uns oito só na segunda-feira.

Elas devem gozar na hora do banho, em cima da mesa do café, antes do almoço, depois do almoço, antes de pegar as crianças no colégio, no meio do jantar e antes do licor. Sem falar na hora em que vão para cama. Elas e todas as capas de revista: estas afortunadas não fazem outra coisa a não ser ter orgasmos. Ai de nós, que não dispomos de silicone nem tempo.

Se hoje falamos tanto nesta tal busca do êxtase, é porque o conceito de prazer está desproporcionalmente valorizado. Tudo a nossa volta é tão erótico, tão sexy, tão flamejante, que acabamos por nos inibir e nem reparar que aqueles dez segundos de aaahhhh e ooohhhh valem alguma coisa. Orgasmo não é aquilo que nos condicionam a pensar a literatura e o cinema: uma lava incandescente que percorre nosso corpo desde atrás da nuca até a unha do pé, nos tirando o senso de realidade, transcendendo nossa sensibilidade aos píncaros do Éden, provocando tremores em cada centímetro quadrado de pele e nos fazendo urrar feito leoas atingidas por flechas magnetizadas e pontiagudas. Milhões de mulheres que nunca sentiram esse cataclismo pensam que não têm orgasmo, e vai ver elas têm orgasmo até se ensaboando no chuveiro, apenas não o estão identificando. Orgasmo é uma coisa simples e natural, desde que se esteja com a cabeça livre de expectativas mirabolantes. Nossas antepassadas devem ter tido com mais frequência do que as mulheres descoladas e tensas de hoje, simplesmente porque naquela época era assunto privativo do corpo, e não da cabeça, que inventou de racionalizar demasiadamente sobre isso. Relaxemos, meninas, que ele vem.

Junho de 2001

Sacanagem

Esta é a semana dos namorados, mas não vou falar sobre ursinhos de pelúcia nem sobre bombons. É o momento ideal para falar de sacanagem.

Se dei a impressão de que o assunto será *ménages à trois*, sexo selvagem e práticas perversas, sinto muito desiludi-lo. Pretendo, sim, é falar das sacanagens que fizeram com a gente.

Fizeram a gente acreditar que amor mesmo, amor pra valer, só acontece uma vez, geralmente antes dos 40 anos. Não contaram pra nós que amor não é racionado nem chega com hora marcada.

Fizeram a gente acreditar que cada um de nós é a metade de uma laranja, e que a vida só ganha sentido quando encontramos a outra metade. Não contaram que já nascemos inteiros, que ninguém em nossa vida merece carregar nas costas a responsabilidade de completar o que nos falta: a gente cresce através da gente mesmo. Se estivermos em boa companhia, é só mais divertido.

Fizeram a gente acreditar numa fórmula chamada "dois em um", duas pessoas pensando igual, agindo igual, que isso era que funcionava. Não nos contaram que isso tem nome: anulação. Que só sendo indivíduos com personalidade própria é que poderemos ter uma relação saudável.

Fizeram a gente acreditar que casamento é obrigatório e que desejos fora de hora devem ser reprimidos. Fizeram a gente acreditar que os bonitos e magros são mais amados, que os que transam pouco são caretas, que os que transam muito não são confiáveis, e que sempre haverá um chinelo velho para um pé torto. Ninguém nos disse que chinelos velhos também têm seu valor, já que não nos machucam, e que existem mais cabeças tortas do que pés.

Fizeram a gente acreditar que só há uma fórmula de ser feliz, a mesma para todos, e os que escapam dela estão condenados à marginalidade. Não nos contaram que estas fórmulas dão errado, frustram as pessoas, são alienantes e que poderíamos tentar outras alternativas menos convencionais.

Sexo não é sacanagem. Sexo é uma coisa natural, simples – só é ruim quando feito sem vontade. Sacanagem é outra coisa. É nos condicionarem a um amor cheio de regras e princípios, sem ter o direito à leveza e ao prazer que nos proporcionam as coisas escolhidas por nós mesmos.

2002

Sala de espera

Estávamos apenas nós duas naquela sala, além de uma samambaia e uma mesinha de centro com dois exemplares antigos da Superinteressante. Após 40 minutos eu já sabia tudo sobre a vida dela. Tudo. E as únicas palavras que trocamos foram, de minha parte, "vinte para as onze", em resposta a uma pergunta que ela me fez e que você pode adivinhar qual é.

Eu sei que ela se chama Ana Paula, que idade tem, onde mora, seu estado civil e seu número de telefone, porque uma secretária indiscreta a fez preencher uma ficha em voz alta. Depois a secretária desapareceu da tela do nosso radar e eu pude descobrir o que só se descobre quando se comparte um silêncio.

Ela pegou a primeira revista, que eu já havia lido. Deu uma folheada nervosa, virando as páginas com uma rapidez que não possibilitava a leitura nem mesmo das manchetes. Estava de pernas cruzadas e usava um escarpim um número maior que o seu. Fazia um movimento com o pé que possibilitava calçar e descalçar a parte de trás do sapato várias vezes seguidas. Assim pude perceber que sua meia estava rasgada na sola. Um buraquinho pequeno, porém visível. Era uma mulher que tinha coisas a esconder.

Quando estava quase no final da revista, ela parou numa reportagem sobre fantasias sexuais. Descruzou as pernas, cruzou-as de novo e parou com o pé. Parou o tempo também. Começou a ler fingindo desinteresse, mas não conseguia disfarçar a safadeza nos olhos, ninguém consegue. Eu podia adivinhar até o parágrafo que ela estava relendo pela terceira vez: aquele que falava sobre atar o parceiro na cama como exercício de dominação.

Dez minutos depois, o seu celular tocou. Ela conferiu o número e atendeu. "Vou me atrasar, mas não sai daí. Acho que mais meia hora. Hum-hum. Eu também. Estava pensando nisso agora mesmo. Te mato se você não me esperar. Outro." Exercício de dominação.

Desligou o telefone. Acomodou o seio esquerdo dentro do sutiã, por cima da blusa mesmo. Descruzou as pernas e cruzou-as novamente. Jogou a revista na mesinha e pegou outra, mas antes de começar a folhear, desistiu e atirou-a de volta. Então olhou pra mim.

Sei tudo sobre você, Ana Paula. Já está arrependida de ter marcado esta consulta por causa de uma dorzinha de cabeça à toa. Nem precisava procurar um médico, o diagnóstico é culpa. Culpa do que você faz às escondidas. Dedicou-se tanto na escolha da lingerie que negligenciou as meias. Pare de roer as unhas. Vá embora antes que ele não te espere.

Ela olhou para mim com fúria. A esta altura, também já sabia tudo sobre mim: que sou voyeur e doida. Seus lábios entreabriram-se e ela inclinou o corpo para a frente, preparando-se para falar. Pensei: ela vai perguntar o que faço num clínico geral, se é evidente que meu caso é para um psiquiatra. Eu iria responder poucas e boas para esta piranha. Vamos, pergunta, Ana Paula.

"Você tem horas?"

29 de setembro de 2002

Igualdade sexual

A notícia foi transmitida através de um site: uma norueguesa de 23 anos foi condenada a nove meses de prisão por ter violentado sexualmente um homem. Como é que é? Vamos aos detalhes: o homem estava deitado num sofá, no meio de uma festa. Totalmente apagado. Horas depois, acordou com uma mulher desconhecida fazendo sexo oral nele.

Quando li a notícia, dezenas de frases acorreram à minha mente de forma automática: ah, o cara não é chegado, o juiz foi severo demais, a maioria dos homens que eu conheço agradeceriam esse final de noite inesperado.

O machismo tomou conta do meu cérebro e só depois, aos poucos, consegui avaliar a situação mais sensatamente. Por que um homem tem que achar sempre maravilhoso que uma mulher lhe preste homenagens desse tipo, mesmo quando não houve consentimento? E se o cara é casado e a esposa estava na festa? E se a situação o constrangeu? E se simplesmente não estivesse a fim, por acaso não teria o direito? Agora, a pergunta mais importante de todas: e se fosse ela quem estivesse desacordada no sofá e ele prestasse a mesma "homenagem" sem pedir licença? Aí mudaria totalmente de figura, é o que argumentaríamos.

Pois o juiz norueguês resolveu, numa atitude inédita naquele país – e creio que no mundo todo –, que não muda de figura coisíssima nenhuma. Se um homem praticasse sexo oral numa mulher desacordada, isso seria considerado um ato de violência. Por que o contrário não deveria ser também? A Escandinávia é a região do planeta onde a igualdade de direitos entre os sexos está mais desenvolvida. Em países como a Suécia, Dinamarca e na própria Noruega, os homens têm direito a uma longa licença-paternidade e mulheres têm uma vida sexual livre e sem patrulha, para citar apenas dois exemplos desse igualitarismo, que ainda não é total, porém bastante avançado. O que o juiz fez foi levar essa igualdade ao pé da letra, rompendo com algumas "tradições culturais", como a que sustenta que mulheres podem se negar a praticar sexo, mas homens devem estar sempre a postos. Ousado esse juiz. Deu um passo importante para refletirmos sobre o assunto, ainda que essa sentença fosse totalmente impensada no Brasil. Aqui, o violado que levasse o caso à Justiça seria apedrejado em praça pública aos gritos de bo-io-la, bo-io-la. Ela? Capa da *Playboy* no dia seguinte.

4 de maio de 2005

Falhar na cama

Pobres entrevistadores, profissão difícil a deles. Na falta de assunto, são obrigados a perguntar para o entrevistado coisas estapafúrdias como "você já falhou na cama?". E os entrevistados respondem, que gente educada. Um conhecido cantor, semana passada, disse num programa de tevê que também já havia falhado. É natural. Aliás, esse tipo de falha nem deveria mais entrar em pauta, já que seres humanos se cansam, se estressam, ficam ansiosos, e isso tudo também acaba embolado nos lençóis. Brochar não é falha, é no máximo uma frustração momentânea, e passa. Falhar na cama é outra coisa.

Quando um casal tira a roupa e se deita juntos, as regras passam a ser determinadas por eles e ninguém mais. Não há certo nem errado, tudo é permitido, desde que com o consentimento de ambas as partes. Consentiu? Então vale sadomasoquismo, fantasias eróticas, lambuzamentos, ménages à trois, à quatre, à cinq... vale o que der prazer, vale o combinado.

O que não vale é forçar a barra. O que não pode é haver imposição de uma prática com a qual um dos dois não concorda. O que não se admite é violência e brutalidade, a não ser que elas façam parte do cardápio sexual do casal. Se não fizer, é estupro. Isso é falhar na cama.

Não vou dizer que falta de amor também é falha, porque não é. Muitas vezes o amor não é convidado para a festinha. Não é preciso amar. Não é preciso nem fingir que ama, todos são adultos e devem saber mais ou menos o que esperar do encontro. Mas, mesmo não amando, não custa ser carinhoso. Não custa, depois do embate terminado, ter um pouco de paciência, não sair correndo como se fosse perder o último ônibus da madrugada. Não custa lembrar do nome da pessoa com quem você esteve há cinco minutos gemendo agarradinho. Não custa dizer que foi bom pra você. Se não foi, considere essa mentirinha a boa ação do dia. Pra que dizer que vai denunciar a criatura para o Procon por propaganda enganosa? Não seja grosseiro. Isso é falhar na cama.

O resto está liberado para rolar. Inclusive, não rolar.

2005

Quantos antes de mim?

O casal começa a namorar, a intimidade vai aumentando com o passar dos dias, até que um dos dois resolve fazer aquela pergunta infalível, assim, como quem não quer nada: amor, com quantas pessoas você já transou?

É fria. Não responda. Diga que acaba de se lembrar do velório do hamster do vizinho, diga que estão esperando você para organizar a festa de formatura da sua irmã, suma e só apareça no dia seguinte. Ou então diga que sofre de amnésia. "Amnésia sim, não contei pra você? Não lembro nem o que eu comi ontem..." (e muito menos quem).

A verdade é honrosa, mas nem sempre é necessária. A troco de que querem saber com quantas pessoas você transou? Ninguém nunca pergunta quantas doações você já fez para entidades assistenciais ou quantas vezes emprestou dinheiro para seus amigos. Por que esse papo estranho agora? Seja qual for sua resposta, você não vai corresponder às expectativas, isso é certo.

Se você é homem, solteiro e está na casa dos 30 anos pra cima, certamente ela não espera que você seja um monge. Caso você seja, talvez valha a pena aumentar um pouquinho suas façanhas, para aparentar ser mais desejável. Já se você for um don juan com muita quilometragem, reduza. E se você não tem a menor ideia de com quantas pessoas já transou, invente um número de 10 a 30. Não: de 30 a 50. Ah, sei lá, eu disse que era melhor fugir.

Se você é mulher, a complicação é ainda maior. Por mais moderno que seu namorado aparente ser, no fundo, no fundo, ele espera, sim, que você seja uma santa. Não tolera a ideia de ser comparado com os antecessores. Se você disser a verdade, ele vai dizer: "Ah, 36? Ótimo, adoro mulheres experientes", e sairá da sua casa direto para o bar, em busca de um coma alcóolico. Se você disser que foi só um – e pode muito bem ser verdade –, ele vai pensar que você está de gozação, que foram mais de 300. Uma curiosidade: pesquisas revelam que a maioria das mulheres responde que foram 9. Se é verdade ou não, ninguém sabe, mas a maioria responde 9. Melhor não entrar na casa dos dois dígitos.

O fato é que ninguém ficará satisfeito com a resposta. Portanto, não pergunte, não responda. Diga que antes de conhecê-la(o) você não viveu e sugira logo uma meia mozarela, meia calabresa pra encerrar o assunto.

12 de outubro de 2005

Orgasmatron

Leio estupefata a notícia de que está sendo testado nos Estados Unidos um dispositivo chamado Orgasmatron, que provoca orgasmos espontâneos e instantâneos nas mulheres. É um eletrodo cujos fios são instalados na pele e na medula espinhal da paciente. Os médicos dizem que os riscos não são maiores do que uma anestesia peridural. O aparelho, do tamanho de um marca-passo, poderá vir a ser comercializado daqui a alguns anos.

Só mesmo uma mulher que nunca teve um orgasmo – e, portanto, cheia de expectativas mirabolantes – para se predispor a instalar fios na sua medula para provocar um. E quem vai proporcionar os beijos, os abraços, os cafunés, as massagens na nuca, o contato entre os corpos? Quem vai produzir o cheiro e a voz, que eletrodo vai fazer o papel do outro? Vamos recapitular umas liçõezinhas do passado: sexo é maravilhoso. E masturbação também não deixa nada a desejar, é um método muito eficiente para atingir o clímax, necessita apenas de um pouquinho de estímulo mental e físico. Agora, orgasmo instantâneo, sem a gente nem mesmo precisar fantasiar? Orgasmo como se fosse um beliscão? Um, dois e já? Má notícia: não compensa. Melhor comer uma barra de chocolate ou comprar uma roupa nova, o prazer vai ser quase o mesmo.

Vivemos numa era em que só nos interessa o resultado imediato, "chegar lá" o mais rápido possível, sem se preocupar com o percurso, com o caminho, com o trajeto. Ter dinheiro sem precisar trabalhar, ter fama sem precisar de talento, ter um corpo perfeito sem precisar praticar exercícios, e agora essa: ter orgasmos sem precisar transar. Claro que esse Orgasmatron é fruto de uma boa intenção, pretende beneficiar as mulheres com disfunções sexuais, mas eu ainda insistiria nos métodos arcaicos: terapia, autoconhecimento, relaxamento, enfim, coisas que facilitem o surgimento de um prazer sem culpa e sem limitações. Se não der certo, então esqueça o orgasmo, não há razão para idolatrá-lo a ponto de se submeter a malabarismos tecnológicos. É muito investimento para uma sensação tão breve e que só é realmente gratificante quando resulta de uma excitação. Orgasmatron é para robôs. Já para um ser humano, outro ser humano ainda é a melhor pedida.

2006

Tarde demais, nascemos

Devoro tudo o que o americano Philip Roth escreve, e não foi diferente com seu mais recente lançamento, *O animal agonizante*, que é o relato de um professor de 62 anos que se apaixona por uma aluna de 24. Estimulado por essa paixão, o personagem reflete sobre a tragédia de envelhecer e as obsessões sexuais de todos nós. E sobre como é inútil tentar mudar a natureza humana. Em dado momento, ele comenta: "É a velha história americana: salvar os jovens do sexo. Só que é sempre tarde demais. Tarde demais, porque eles já nasceram".

Sublinho uma, sublinho duas vezes, quase perfuro a página com a caneta porque é isso aí: é sempre tarde demais para nos salvar, já estamos aqui, a vida está em curso, já nos apegamos aos nossos privadíssimos traumas, medos, fantasias, estamos irremediavelmente condenados a ser quem somos. Podemos, claro, amadurecer, ficar mais leves, lidar com nossas fraquezas com mais bom humor, mas suprimi-las para sempre? Sem chance. No máximo, trocamos alguns problemas por outros.

Quando a questão é sexo, então, salvar-nos do quê? Só mesmo nos impedindo de nascer para evitar que tenhamos contato com o que há de mais fabuloso e enigmático em nós: nosso desejo. Uma vez nascidos, tarde demais. Estamos em pleno poder dos nossos cinco sentidos, impossível evitar que nossos olhos vejam outros corpos, nossos narizes sintam outros cheiros, nossas mãos toquem em outras pessoas, e que sintamos o gosto delas, e ouçamos o que elas têm a nos dizer. Tudo isso provoca um curto-circuito. Até pode-se exercer a abstinência como escolha, mas nunca através de uma imposição externa, de uma pregação moralista. Tentar nos manter afastados do sexo? Só se a intenção for a de nos transformar em pervertidos.

Tarde demais, nascemos.

E uma vez nascidos, viramos homens e mulheres que tentam extrair alegrias de onde só brota dificuldade, que participam deste carnaval de sensações fartamente oferecidas dia após dia: paixões e melancolias ao nosso dispor, bastando estarmos predispostos à vida. Uma vez nascidos, temos uma cara, um corpo e a nossa alma, principalmente a alma, nosso DNA espiritual, avesso a manipulações de qualquer espécie. Tentem, mas vai ser difícil nos transformar em pedra, parede, concreto.

Podem fazer nossa cabeça, mudar nossas ideias, nos arregimentar para o seu partido. Influenciar, podem. Somos maleáveis. Mas arrancar de nós a humanidade, proibir que tenhamos sono, fome e sede, declarar-nos incapacitados para o amor, exigir que nunca mais sonhemos, que não cultivemos nosso lado mais secreto e selvagem, impossível, só se não existíssemos.

Tarde demais, nascemos.

23 de julho de 2006

Beijo em pé

Uma vez almocei com duas amigas mineiras, ambas casadas há bastante tempo, veteranas em bodas de prata, e ainda bem felizes com seus respectivos. Falávamos das dificuldades e das alegrias dos relacionamentos longos. Até que uma delas fez uma observação curiosa. Disse ela que não tinha do que reclamar, porém sentia muita falta de beijo em pé.

Como assim, beijo em pé?

Depois de um tempo de convívio, explicou ela, o casal não troca mais um beijo apaixonado na cozinha, no corredor do apartamento, no meio de uma festa. É só bitoquinha quando chega em casa ou quando sai, mas beijo mesmo, "aquele", acontece apenas quando deitados, ao dar início às preliminares. Beijo avulso, de repente, sem promessa de sexo, ou seja, um beijaço em pé, esquece.

E rimos, claro, porque quem não se diverte perde a viagem.

Faz tempo que aconteceu essa conversa, mas até hoje lembro da Lucia (autora da tese) quando vejo um casal se beijando na pista de um show, no saguão de um aeroporto ou na beira da praia. Penso: olha ali o famoso beijo em pé da Lucia. Não devem ser casados. Se forem, chegaram ontem da lua de mel.

Há quem considere o beijo – não o selinho, o beijo! – uma manifestação muito íntima e imprópria para lugares públicos. Depende, depende. Não há regras rígidas sobre o assunto, tudo é uma questão de adequação. Saindo de um restaurante, abraçados, caminhando na rua em direção ao carro, você abre a porta para sua esposa (sim, sua esposa há uns bons vinte anos) e tasca-lhe um beijo antes que ela se acomode no assento. Por que não?

Porque ela vai querer coisa e você está cansado. Ai, não me diga que estou lendo seus pensamentos.

O beijo entre namorados, a qualquer momento do dia ou da noite, enquanto um lava a louça e o outro seca, por exemplo, é um ato de desejo instantâneo, uma afirmação do amor sem hora marcada. No entanto, o tempo passa, o casal se acomoda e o hábito cai no ridículo: imagina ficar se beijando assim, no mais, em plena segunda-feira, com tanto pepino pra resolver. Ninguém é mais criança.

Pode ser. Mas que delícia de criancice fez o goleiro Casillas ao interromper a entrevista da namorada e tascar--lhe um beijo sem aviso, um beijo emocionado, um beijo à vista do mundo, um beijo em pé. Naquele instante, suspiraram todas as garotas do planeta, e as nem tão garotas assim. E os homens se sentiram bem representados pela virilidade do campeão. Pois então: que repitam o gesto em casa, e não venham argumentar que não somos nenhuma Sara Carbonero que isso não é desculpa.

14 de julho de 2010

Homens, mulheres
e
assemelhados

Quanto vale um ex

Há poucas semanas, uma revista deu espaço para o ponto de vista de uma leitora que estava com o atual marido preso, acusado de não pagar pensão para a primeira mulher. A televisão também andou mostrando imagens de um prisioneiro cumprindo pena pelo mesmo motivo. Assunto delicado, esse. Envolve dinheiro e cobrança, as mais diversas. Mas é uma discussão que, inevitavelmente, vai entrar na ordem do dia. As mulheres conquistaram uma série de direitos e talvez tenha chegado a hora de pagar por eles.

Nos últimos 30 anos, a independência da mulher deixou de ser uma hipótese para ser um fato, e tudo o que aprendemos sobre relacionamento entre homens e mulheres, até segunda ordem, está cancelado. Estamos reaprendendo a conviver segundo as novas regras do jogo. Mudou tudo: sexo, amor, casamento, separação, fidelidade, educação dos filhos, orçamento doméstico, hierarquia familiar. Para quem está ficando adulto agora, as regras são claras: não se fazem mais moças como antigamente. Hoje toda adolescente estuda ou trabalha, investindo no seu próprio pé de meia e contando consigo mesma para seus projetos futuros. Em resumo: está descolando um emprego antes de descolar um marido.

Mas faz pouco tempo que o mundo é assim. Quem está comemorando bodas de prata ainda pegou uma época em que, se a mulher trabalhava, era moderna, e se não trabalhava, era normal. Tudo bem ficar em casa cuidando da educação das crianças e da administração da casa. Era, e ainda é, uma atividade essencial e valiosa, mas não é profissão.

Ninguém é remunerado por buscar os filhos no colégio ou fazer o almoço. Ninguém declara imposto de renda por cerzir meias ou arrumar armários. As mulheres topavam a dependência total, do pai para o marido. E os maridos topavam a adoção, sem contestar. Não conheço nenhum caso de um homem, 30 anos atrás, chegar para a mulher e dizer: "Amor, deixa essa musse de limão pra lá e vai procurar um emprego. E não se preocupe: eu lavo a roupa pra você". Nada disso. Estava bom para ambas as partes, e hoje, separadinhos da silva, pagam caro por ter nascido na pré-história. Eles perdem 1/3 do salário, elas ganham 1/3 de humilhação. Uma pena, mas lei é lei.

Encerradas as cenas de um casamento medieval, entramos na era do casamento liberal. Oba! Todos saem cedo, ele para um lado, ela para o outro, filhos na creche desde os 4 meses, cada um preservando sua individualidade, seu emprego e sua graninha. Bem diferente da vovó e do vovô. Mas as separações continuam a todo vapor e o legislativo vai ter que decidir: nossas filhas também serão sustentadas pelo ex?

Pouco provável. Já se conheceram independentes, pois despeçam-se com um aperto de mão civilizado e desapareçam da vida um do outro, resolvendo juntos apenas as questões relacionadas com os filhos. Pensão alimentícia, só para as crianças. Se ela tem uma formação profissional e tem saúde, é hipocrisia querer herdar o paternalismo que tanto se lutou para romper. É dureza? É, amiga, mas querer só o bem-bom não é justo com os cavalheiros. Ser dona do próprio nariz não sai barato.

Esta questão tende a ser enfrentada com menos pancadaria nos próximos anos, mas por enquanto ainda tem casal saindo no braço. Só agora estamos começando a aceitar a ideia de que um casamento, para dar certo, não precisa durar até que a morte os separe. Dez, quinze anos de felicidade conjugal podem ser bem satisfatórios, e se não der mais para ficar junto, paciência, até mais.

Nada romântico, mas bem realista. Reconhecendo a possibilidade de uma separação futura, ainda que não esteja nos planos de nenhum dos dois, é possível estruturar-se financeiramente para não ter que um dia lavar roupa suja num tribunal. É triste admitir que o amor não dura para sempre, mas tornou-se imperativo aceitar que o dinheiro dele também não.

Maio de 1995

Dia Internacional do Homem

Qualquer data serve. 14 de abril. 20 de agosto. 17 de novembro. Em breve, os homens irão monopolizar-se pela criação do seu dia, onde encontros, seminários e homenagens serão realizados no mundo inteiro, chamando a atenção para essa classe oprimida.

Não anda fácil ser homem. Eles trocam fraldas, levam os filhos ao parque, participam de reuniões escolares, saem de férias com a garotada, e tudo isto, veja bem, sem ver a cor de um contracheque. Nem décimo terceiro, nem fundo de garantia. Remuneração zero.

Por isso, além das lides do lar, os moços trabalham fora. E ai deles se fracassarem. Precisam ser durões, competitivos, enérgicos. Nem pensar em chegar atrasado por causa de uma cólica intestinal ou sair de uma reunião aos prantos. Tem uma fila de desempregados lá fora com a senha na mão para assumir o posto.

No amor, a opressão é ainda maior. Os homens que não casam são marginalizados pela sociedade. São vistos como playboys, filhinhos da mamãe ou gays enrustidos. Casam-se, então. E surpresa: até que é bom. Mas não dá para confiar nas mulheres. Mais cedo ou mais tarde elas começam a se queixar da monotonia, da rotina sexual, da falta de liberdade e pedem o divórcio sem dar aviso prévio, deixando o pobre com uma mão na frente e outra atrás.

Elas levam o apartamento, os filhos, os amigos, boa parte da renda familiar e o conhecimento integral de como funciona a engrenagem doméstica. Ficam os homens sem saber como ligar a torradeira e em pânico quando a faxineira diz que precisa de material. Do que você precisa, santa? Fita isolante, pregos, pen drives? Não senhor: água sanitária, sabão em pó, amoníaco, vassoura, óleo de peroba. Dá para escutar os gritos dele lá da outra quadra.

É barra. Os homens morrem e deixam uma herança de fama e fortuna às suas viúvas e namoradas. Agora diga aí que homem, viúvo de mulher famosa, foi convidado para posar nu ou escrever uma biografia.

Homens não podem engravidar. Homens têm uma expectativa de vida menor. Homens pagam mais consumação em bares e boates. Homens pagam mais seguro. Homens têm menos alternativas para se vestir. Homens não usam maquiagem. Homens não têm cintura. Homens expressam seus sentimentos com dificuldade. Homens são mantidos como reféns. Homens afundam com os navios.

Não bastasse essa discriminação toda, já podem ser descartados daquela que era sua maior contribuição à sociedade, a reprodução. Proliferam por aí os bancos de sêmen.

Dia Internacional da Mulher é um acinte. Um deboche. Uma provocação. Já teve sentido, não há mais. Mulheres verbalizam tudo, trocam experiências, debatem, riem, se divertem, todo santo dia. Chega. Passemos a palavra.

Março de 1997

Sargentos e soldados

Dizem que o mundo se divide entre aqueles que mandam e aqueles que obedecem. Logo imaginamos patrões e empregados, adultos e crianças, professores e alunos, em que a hierarquia dita as regras. Mas no dia a dia de um casal, quem detém o comando? Errou quem respondeu o homem, por ser o chefe da casa. Ou a mulher, por ser a administradora do lar. Essa é uma questão que não se segmenta por sexo nem situação financeira. Manda o ansioso. Obedece o desligado. E salve-se quem puder.

Dificilmente um casal é formado por dois maníacos ou dois tranquilões. Todos sabem: os opostos se atraem e, não contentes, sobem o altar, assinando um contrato para viver o resto da vida às turras. Se souberem se divertir com isso, o casamento está salvo.

O tranquilo, ou a tranquila, sempre esquece de fechar a janela antes de deitar. Chega com 10 minutos de atraso na festa do colégio do filho. Fica sem gasolina no meio da rua. Bate a porta da casa com a chave dentro. Deixa a geladeira aberta. O mundo vai acabar por causa disso? Depende com quem se dorme à noite.

Se o cônjuge fizer o estilo sargento, danou-se. O sargento da casa é o retrato da perfeição. Faz a revista completa dos aposentos antes de dormir: janelas, torneiras, gás, tudo tem que estar hermeticamente fechado, e ele ainda levanta de madrugada para conferir, porque não confia nem em si mesmo. Pontualidade? Nenhuma: chega sempre dez minutos antes. Jamais deixa o combustível do tanque encostar na reserva. Aliás, com meio tanque ele não arrisca ir da zona norte à zona sul da cidade. O sargento sempre sabe onde está a tesourinha de unhas. O sargento lembra o nome do prédio em que morou 27 anos atrás. O sargento não perdoa roupa jogada no chão.

Até aí, contemporiza-se. As pequenas divergências só ganham ares de drama quando atingem o lado frágil do casal: o bolso.

O tranquilo sempre esquece de devolver o DVD. Paga as contas com dias de atraso: prefere multa do que fila no banco. O tranquilo desconhece canhoto de cheque, nem desconfia para que serve. Sabe aquelas filas que se formavam nos postos de gasolina quando o governo anunciava aumento de preço? O tranquilo ficava bobo: essa gente não tem mais o que fazer? Pergunta para o tranquilo quando é o vencimento do seu cartão de crédito. Pergunta.

A mulher do tranquilo, ou o marido da tranquila, descabela-se. Toda a economia vai por água abaixo: de nada adiantou fazer pesquisa em três supermercados, contar os centavos, pagar as contas uma semana antes do prazo, comprar quatro caixas de morango pelo preço de três. Um economiza, o outro desperdiça. Um lembra do aniversário do Ayrton Senna, o outro não sabe o aniversário da própria mãe. Um planeja a viagem com seis meses de antecedência, o outro esquece de renovar o passaporte. Um faz, o outro desfaz.

Advogados, fiquem fora disso. Os opostos se atraem, lembram? O ansioso manda, o viajandão obedece, e à noite, embaixo dos lençóis, é um chamego só. Que casamento não tem esse tempero? O ansioso jura que se o viajandão fosse mais ligado, ele relaxava. O viajandão jura que se o ansioso não controlasse tudo, ele tomava as rédeas. Um não acredita no outro, e ambos dormem em paz.

Junho de 1997

O que quer uma mulher

Um bebê nasce. O médico anuncia: é uma menina! A mãe da criança, então, se põe a sonhar com o dia em que a sua princesinha terá um namorado de olhos verdes e casará com ele, vivendo feliz para sempre. A garotinha ainda nem mamou e já está condenada a dilacerar corações. Laçarotes, babados, contos de fadas: toda mulher carrega a síndrome de Walt Disney.

Até as mais modernas e cosmopolitas têm o sonho secreto de encontrar um príncipe encantado. Como não existe um Antonio Banderas para todas, nos conformamos com analistas de sistemas, gerentes de marketing, engenheiros mecânicos. Ou mecânicos de oficina mesmo, a situação não anda fácil. Serão eles desprezíveis? Que nada. São gentis, nos ajudam com as crianças, dão um duro danado no trabalho e têm o maior prazer em nos levar para jantar. São príncipes à sua maneira, e nós, cinderelas improvisadas, dizemos sim! sim! sim! diante do altar. Mas, lá no fundo, a carência existencial herdada no berço jamais será preenchida.

Queremos ser resgatadas da torre do castelo. Queremos que o nosso pretendente enfrente dragões, bruxas, lobos selvagens. Queremos que ele sofra, que vare a noite atrás de nós, que faça tudo o que o José Mayer, o Marcelo Novaes e o Rodrigo Santoro fazem nas novelas. Queremos ouvir "eu te amo" só no último capítulo, de preferência num saguão de aeroporto, quando ele chegará a tempo de nos impedir de embarcar.

O amor da vida real, no entanto, é bem menos arrebatador. "Eu te amo" virou uma frase tão romântica quanto "me passa o açúcar". Entre casais, é mais fácil ouvir "te amo" ao encerrar uma ligação telefônica do que ao vivo e a cores. E fazem isso depois de terem se xingado por meia hora. "Você vai chegar tarde de novo? Tenha a santa paciência, o que é que você tanto faz nesse escritório? Ontem foi a mesma coisa, que inferno! Eu é que não vou providenciar jantar pra você às dez da noite, te vira. Tchau, também te amo." E batem o telefone, possessos.

Sim, sabemos que a vida real não combina com cenas hollywoodianas. Sabemos que há apenas meia dúzia de castelos no mundo, quase todos abertos à visitação de turistas. Sabemos que os príncipes, hoje, andam meio carecas, usam óculos e cultivam uma barriguinha de chope. Não são heroicos nem usam capa e espada, mas ao menos são de carne e osso, e a maioria tentaria nos resgatar de um prédio em chamas, caso a escada magirus alcançasse o nosso andar. Não é nada, não é nada, mas já é alguma coisa.

Dificilmente um homem consegue corresponder à expectativa de uma mulher, mas vê-los tentar é comovente. Alguns mandam flores, reservam quarto em hoteizinhos secretos, surpreendem com presentes, passagens aéreas, convites inusitados. São inteligentes, charmosos, ousados, corajosos, batalhadores. Disputam nosso amor como se estivessem numa guerra, e pra quê? Tudo o que recebem em troca é uma mulher que não para de olhar pela janela, suspirando por algo que nem ela sabe direito o que é. Perdoem esse nosso desvio cultural, rapazes. Nenhuma mulher se sente amada o suficiente.

Agosto de 1997

Mulher de um homem só

Ela é como o urso panda, está quase extinta do planeta. Quando alguém a ouve dizendo "sou mulher de um homem só", corre para o celular mais próximo e chama a imprensa para documentar. Quem é, afinal, essa mulher tão rara?

A mulher de um homem só casou virgem com um escritor que detesta badalação. A última festa em que ele compareceu foi a do seu próprio casamento, a contragosto. Ele só gosta de música barroca, uísque e poesia. Não quis ter filhos. É um homem terrivelmente só que se casou apenas para que alguém cozinhasse para ele, pois odeia restaurantes.

A mulher do homem só tenta animá-lo. Convida-o para subir a serra e comer um fondue. O homem faz que não com a cabeça. A mulher convida para ir a uma feira de antiguidades. Ele dá um sorriso sarcástico. Ela convida para ir na CasaCor. Ele tem espasmos. Ela convida para um teatro. Ele pega no sono antes que ela diga o nome da peça.

O homem só gosta de ficar em casa. Não vai ao cinema, nem a parques, nem a bares. Não visita ninguém. Não votou na última eleição. Não comparece às reuniões de condomínio. Tem alergia a gente.

A mulher do homem só tentou festejar os 50 anos dele. Convidou os poucos conhecidos do marido: um irmão, o editor e a mulher deste. Comprou cerveja, colocou o CD do Paulinho da Viola e flores nos vasos. Os convidados chegaram e se foram sem ouvir a voz do homem só. Ele apenas resmungou um obrigado quando recebeu um livro do editor e disse qualquer coisa inaudível ao ganhar meias do irmão. Passou calado a noite inteira. Quando pediu licença para ir ao banheiro, não voltou mais.

A primeira vez que a mulher do homem só disse "sou mulher de um homem só" foi para um motorista de táxi, que ficou muito impressionado. Ela era jovem, bonita, mas tinha uma tristeza comovente no olhar. Era a última corrida dele e, impulsivamente, convidou-a para uma caipirinha. Ela aceitou e, pela primeira vez em muitos anos, teve uma noite animada.

A segunda vez que ela disse "sou mulher de um homem só" foi para o vizinho do sexto andar. Estavam sozinhos no elevador e ele fingiu não ouvir. Nunca haviam trocado nem um bom-dia, quanto mais uma confidência. Mas ela repetiu: "sou mulher de um homem só". Dessa vez falou de um jeito tão carente que ele se viu obrigado a tomar uma providência. O sexto andar acabou malfalado no prédio.

A mulher do homem só, então, passou a ter a agenda cheia: o instrutor de yoga, o gerente do banco, o dono do posto de gasolina. Vivia para cima e para baixo com seus novos amigos: cinema, shopping, vernissages. Não corria o risco de encontrar o marido em nenhum desses lugares. Começou a usar decotes, maquiagem e ria alto. Nunca se sentira tão feliz. Surgia cada dia com um parceiro diferente nas festas, nas inaugurações de lojas, nos passeios pelo mercado público. Ganhou má fama. E quanto mais o povo falava, mais ela desdenhava. Niguém fazia a mínima ideia do que era ser mulher de um homem só.

Agosto de 1997

Mamãe Noel

Sabe por que Papai Noel não existe? Porque é homem. Dá para acreditar que um homem vai se preocupar em escolher o presente de cada pessoa da família, ele que nem compra as próprias meias? Que vai carregar nas costas um saco pesadíssimo, ele que reclama até para colocar o lixo no corredor? Que toparia usar vermelho dos pés à cabeça, ele que só abandonou o marrom depois que conheceu o azul-marinho? Que andaria num trenó puxado por renas, sem ar-condicionado, direção hidráulica e air bag? Que pagaria o mico de descer por uma chaminé para receber em troca o sorriso das criancinhas? Ele não faria isso nem pelo sorriso da Luana Piovani. Mamãe Noel, sim, existe.

Quem coloca guirlandas nas portas, velas perfumadas nos castiçais, arranjos e flores coloridas pela casa? Quem monta a árvore de Natal, harmonizando bolas, anjos, fitas e luzinhas, e deixando tudo combinando com o sofá e os tapetes? E quem desmonta essa parafernália toda no dia 6 de janeiro?

Papai Noel ainda está de ressaca no Dia de Reis.

Quem enche a geladeira de cerveja, Coca-Cola e espumante? Quem providencia o peru, o arroz à grega, o sarrabulho, as castanhas, o musse de atum, as lentilhas, os guardanapinhos decorados, os cálices lavadinhos, a toalha bem passada e ainda lembra de deixar algum disco meloso à mão?

Quem lembra de dar uma lembrancinha para o zelador, o porteiro, o carteiro, o entregador de jornal, o cabeleireiro, a diarista? Quem compra o presente do amigo-secreto do escritório do Papai Noel? Deveria ser o próprio, tão magnânimo, mas ele não tem tempo para essas coisas. Anda muito requisitado como garoto-propaganda.

Enquanto Papai Noel distribui beijos e pirulitos, bem acomodado em seu trono no shopping, quem entra em todas as lojas, pesquisa todos os preços, carrega sacolas, confere listas, lembra da sogra, do sogro, dos cunhados, dos irmãos, entra no cheque especial, deixa o carro no sol e chega em casa sofrendo porque comprou os mesmos presentes do ano passado?

Por trás do protagonista desse megaevento chamado Natal existe alguém em quem todos deveriam acreditar mais.

Dezembro de 1998

Democracia sexual

Se você frequentou reuniões dançantes, lá pelos idos dos anos setenta, vai se lembrar. Era muito comum uma garota ser tirada para dançar e responder na lata: "Não". Se era uma garota educada, dizia: "Não, obrigada". Mas não havia um pingo de remorso na negativa. Ela não estava a fim. O cara que voltasse para seu lugar ou tentasse dançar com outra menina.

Hoje todos dançam em grupo e também sozinhos, é só chegar e entrar na pista. As relações mudaram. Uma garota, por exemplo, já não precisa esperar para ser pedida em namoro, como acontecia antes. As coisas rolam com mais naturalidade, e se ela estiver a fim do cara, é só falar. E ele tem todo o direito de responder: "Não". Se for educado, "não, obrigado".

Parece simples, mas muita gente ainda está engessada no tempo em que uma mulher podia negar um homem, mas um homem não podia negar uma mulher. Alguns homens ainda se sentem na obrigação de encarar um romance rápido com uma mulher por quem eles não sentem absolutamente nada, mas que facilitou. E muitas mulheres ainda se sentem ofendidíssimas quando demonstram interesse explícito por um homem e ele recusa a oferenda.

A revolução sexual acabou com esses rituais de caça e caçador. Se a caça se oferece para o abate, mas o caçador não está com fome, ele tem todo o direito de deixar a chance passar sem que outros caçadores o rotulem de babaca e sem que a caça se sinta humilhada. Vivemos uma época em que alguns casais se unem pelo amor e outros casais se unem pelo desejo, estes últimos abrindo mão das idealizações e do romantismo. Quando surgiu a pílula anticoncepcional e os tabus sexuais caíram por terra, mulheres do mundo inteiro comemoraram a possibilidade de vivenciar romances leves, prazerosos e descompromissados, como os homens vinham fazendo por séculos. A conta, no entanto, não tardou a chegar: o convívio com a rejeição.

O homem pode transar com a mulher numa noite e na manhã seguinte partir sem deixar o número do telefone, e as mulheres devem aceitar isso como parte do jogo. Uns ficam, uns vão. Lutamos muito para ter o direito de tirá-los para dançar. Agora temos que aprender a ouvir "não, obrigado" e não deixar que isso estrague a festa.

Setembro de 1999

A mulher e a patroa

Há homens que têm patroa. Ela sempre está em casa quando ele chega do trabalho. O jantar é rapidamente servido à mesa. Ela recebe um apertão na bochecha. A patroa pode ser jovem e bonita, mas tem uma atitude subserviente, o que lhe confere um certo ar robusto, como se fosse uma senhora de muitos anos atrás.

Há homens que têm mulher. Uma mulher que está em casa na hora que pode, às vezes chega antes dele, às vezes depois. Sua casa não é sua jaula nem seu fogão é industrial. A mulher beija seu marido na boca quando o encontra no fim do dia e recebe dele o melhor dos abraços. A mulher pode ser robusta e até meio feia, mas sua independência lhe confere um ar de garota, regente de si mesma.

Há homens que têm patroa, e mesmo que ela tenha tido apenas um filho, ou um casal, parece que gerou uma ninhada, tanto as crianças a solicitam e ela lhes é devota. A patroa é uma santa, muito boa esposa e muito boa mãe, tão boa que é assim que o marido a chama quando não a chama de patroa: mãezinha.

Há homens que têm mulher. Minha mulher, Suzana. Minha mulher, Cristina. Minha mulher, Tereza. Mulheres que têm nome, que só são chamadas de mãe pelos filhos, que não arrastam os pés pela casa nem confiscam o salário do marido, porque elas têm o dela. Não mandam nos caras, não obedecem os caras: convivem com eles.

Há homens que têm patroa. Vou ligar para a patroa. Vou perguntar para a patroa. Vou buscar a patroa. É carinho, dizem. Às vezes, é deboche. Quase sempre é muito cafona.

Há homens que têm mulher. Vou ligar para minha mulher. Vou perguntar para minha mulher. Vou buscar minha mulher. Não há subordinação consentida ou disfarçada. Não há patrões nem empregados. Há algo sexy no ar.

Há homens que têm patroa.

Há homens que têm mulher.

E há mulheres que escolhem o que querem ser.

Novembro de 1999

A imaginação

Ele ficou de ligar às duas da tarde. Às duas em ponto você estava plantada ao lado do telefone. Às duas em ponto o telefone não tocou. Nem às duas e quinze. Nem às duas e meia. Nem às três. Você liga pra ele e é comunicada de que ele não está. Ninguém sabe onde ele está. Quatro e meia. O telefone numa quietude petulante.

A imaginação, então, começa aquele exercício macabro de formular suposições. Onde ele está, afinal?

1. Ele está em casa, quietinho. Não ligou de propósito. Não atendeu o telefone de propósito. Ele quer que eu me dê conta sozinha de que a história acabou. Ele não tem coragem de terminar olhando nos meus olhos. Prefere que eu fique com raiva dele, assim me conformo mais rápido. No fundo, ele está se achando muito bonzinho, aquele pulha.

2. Ele não ligou porque ficou chateado com o que eu fiz ontem. Foi isso. Mas que diabo fiz ontem? Nós não brigamos. Não nos xingamos. Não falei mal da mãe dele. Nem da camisa puída dele. Nem do timeco dele. Ficamos o tempo todo no maior amasso. Eu fiz tudo certo, cacilda.

3. Ele conheceu outra depois que saiu aqui de casa. Ele passou num bar para tomar a saideira e viu a garota encostada no balcão. Chegou nela. Falaram. Ficaram. Saíram juntos. Estão juntos até agora, cinco e vinte da tarde. Eu quero morrer.

4. Morrer? Foi isso. Ele saiu daqui levitando de paixão, atravessou a rua sem olhar para os lados e cataplum! Passaram por cima. No tombo, perdeu a carteira de identidade. Foi levado para o IML. Não o identificaram. Foi enterrado como indigente numa vala comum. Impossível telefonar de lá.

5. Ele não morreu. Foi atropelado, mas não morreu, só ficou com uns lapsos de memória. Esqueceu meu nome. Esqueceu meu número. Esqueceu meu endereço. E também não sabe mais ver as horas.

6. Ele ligou. Ele ligou pontualmente às duas, como estava combinado, mas eu não ouvi. Que silêncio é esse? Estou surda. Socorro, estou surda!

Você está louca, isso sim. Basta falhar a combinação e você já fica variando, criando mil fantasias na cabeça. Você, eu e todo mundo. Por que ficamos tão enlouquecidos com a desinformação? Por que estamos sempre achando que vamos ser deixados de uma hora pra outra? Por que acreditamos tão pouco em contratempos e ficamos a imaginar o pior? Simples: porque estamos apaixonados. Acontece com as melhores cabeças.

Dezembro de 1999

Todo homem tem duas mães

Todo homem tem uma mãe biológica, que cuida dele, se preocupa, passa a mão na cabecinha e não pode vê-lo cabisbaixo que já quer dar colo. E todo homem tem uma mãe agregada, seja ela a namorada ou a esposa, que cuida dele, se preocupa, passa a mão na cabecinha e não pode vê-lo cabisbaixo que já quer dar colo.

Somos umas mãezonas para nossos homens. Todas nós, para todos eles.

Deve ser o tal instinto maternal. A verdade é que não sabemos amar sem tomar conta.

O cara chega do trabalho cansado. A gente também está morta. Mas algo (o tal instinto maternal) faz com que a gente privilegie o cansaço dele, reservando um lugar legal no sofá, servindo uma cervejinha e enchendo-o de beijinhos no cangote. Yes, eles também fazem isso por nós, mas por instintos outros.

O cara está estourando de dor de cabeça. A nossa também não está lá muito santa. Mas a dor dele parece mais urgente. Algo nos diz (o tal instinto maternal, de novo) que ele não sabe em que gaveta está o analgésico e que provavelmente ele vai deixar a porta da geladeira aberta quando for pegar um copo d'água. "Fica aí que eu busco."

O cara está se vestindo para sair para o trabalho. Gloria Kalil e Costanza Pascolato teriam uma parada cardíaca se vissem o modelito: um casaco que já deveria ter sido doado para a Campanha do Agasalho e uma calça que em priscas eras foi marrom. Você então presta uma assessoria básica. Escolhe outra calça, descola uma camisa jeans. Sugere a cor das meias. Diz para ele trocar o tênis por um mocassim. Agora pode ir, filhinho, mas antes não esqueça de escovar os dentes e de levantar o assento do vaso para fazer xixi.

A gente acha que ele gasta demais. A gente quer que ele nos telefone com mais frequência. A gente quer que ele adore a nossa comida. E, claro, a gente não quer que ele coma nada na rua. Nem ninguém.

Homens e seus instintos animais. Mulheres e seus instintos maternais. Feitos um para o outro.

Maio de 2000

As pequenas maldades

A Rita, sabe a Rita? Pois é, menina, largou o marido e os dois filhos e foi fazer não sei o que no interior da Inglaterra.

A Estela? Uma vagabunda.

A Viviane deu o golpe do baú, todo mundo sabe, só esqueceram de contar para o pobre do Alceu, que ficou cego e burro depois que caiu nas garras daquela alpinista social.

Eu duvido, du-vi-do, que a Raquel não tenha um amante. Ela anda muito feliz ultimamente.

Rita, Estela, Viviane e Raquel são vítimas das Léas, Carlas, Sônias e Cecílias, que por sua vez estão na boca das Betinas, Veras, Dianas e Selmas, que também não escapam do veneno de Cláudias, Patrícias, Lilians e Mauras. Passado o Dia Internacional da Mulher e cessados todos os elogios que merecemos por sermos ativas, guerreiras, amorosas e polivalentes, está na hora de reconhecermos um dos nossos defeitos mortais: a irresponsabilidade verbal.

Falar da vida dos outros é hobby e não apenas feminino, ainda que sejamos nós as maiores adeptas deste esporte. Nem sempre a falação é maldosa. Fulana ganhou um prêmio, Beltrana está radiante porque seu tratamento contra a celulite está dando certo e Sicrana está deprimida por causa de um amor rompido: ok, comenta-se. Alguns assuntos são frívolos, outros mais sérios, mas não há intenção de desmoralizar ninguém. O caso muda de figura quando passamos a rotular os outros em função de uma fofoca, de uma situação resumida, sem levar em consideração a complexidade da vida de todos nós.

Rita se mandou para o interior da Inglaterra? Bem fez a Rita. Os filhos estão criados e o marido foi quem mais a incentivou a realizar o sonho de estudar inglês lá fora. Eles têm uma relação sólida e desapego às convenções, vão cada um para seu lado e voltam um para o outro ainda mais apaixonados.

A Estela, de vagabunda, não tem nada. Trabalha desde os dezesseis, conseguiu completar o segundo grau com muito esforço, paga todas as suas contas em dia e é a amiga mais leal que alguém pode encontrar. É solteira, vacinada e transa com quem bem entender, pois sexo para ela é vital e prazeroso, e homem nenhum tem se queixado de sua liberdade.

A Viviane era dura mesmo, antes de casar com o Alceu. E o Alceu era duro em outro sentido, duro no seu modo de encarar a vida: surgiu Viviane e passou a estimulá-lo a viajar, comer bem, tomar bons vinhos, ter uma casa bonita, comprar livros de arte, enfim, a gastar um dinheiro que estaria sendo guardado para uma emergência até o fim de seus dias. Apareceu Viviane e mostrou para ele que a vida é a maior emergência que existe, e o Alceu, cego e burro, se tornou mais feliz.

E a Raquel tem um amante? Jura? Se inveja matasse, hein, gurias...

Maio de 2001

A pior hora para falar disso

Está tudo numa boa entre vocês, mas você quer conversar com ele sobre aquela reação desmedida que ele teve na festa, quase agrediu seu primo por causa de uma discussão boba, "você anda tenso, quer desabafar?".

Você quer dar um toque sobre a saúde dele, que não está legal. O cara está fumando quase duas carteiras por dia, não tem mais fôlego nem para o futebol das quintas, anda encatarrado, a pele sem viço, e é tão jovem ainda, por que não se cuida melhor?

Você quer discutir a relação, sim senhor. Quer tentar descobrir, com toda boa vontade, as razões que estão levando o casamento de vocês a ficar tão entediante. Dá para a gente falar um pouco sobre isso agora?

Agora??????????

Agora não dá, vai começar o treino para o Grande Prêmio do Japão, quero ver o tempo que a Ferrari vai fazer.

Agora nem pensar, tô moído, hoje o dia foi muito puxado.

Logo agora que eu ia levar o carro pra lavar? Depois do almoço a gente conversa.

Comi demais, amor, tô louco pra me esparramar naquele sofá.

Justo agora, em pleno sábado? Vai estragar nosso final de semana.

Tocar nesse assunto numa segunda-feira, tenha dó.
Agora tô caindo de sono, vou dormir mais cedo hoje.
Mas agora que eu recém acordei?
Sinto muito, mas você escolheu a pior hora.

Conversas francas e sérias: impossível agendá-las para uma ocasião que seja do agrado dele. Toda hora será imprópria, inadequada. Você sempre terá escolhido o pior momento para falar da relação ruim dele com a irmã, do desestímulo que ele tem demonstrado com o trabalho, da vida sexual de vocês, do dinheiro que anda curto, enfim, de qualquer assunto que obrigue-o a se concentrar e procurar juntos uma solução. Tudo bem, generalizar é sempre injusto: há aqueles que rapidamente se colocam a postos para o embate, mas são raros. A maioria, se puder, vai propor um adiamento. Ad infinitum.

Amanhã a gente conversa sobre isso, prometo.

Eu prometi isso ontem? Você bebeu. Hoje tem jogo pelas eliminatórias da Copa, nem pensar.

Abril de 2001

O homem de roupão

O homem é um arraso. Alto, bonito, meio enigmático. Conversa de modo pausado e olhando nos olhos, e que olhos, Santa Luzia. Não faz cinco minutos que você conheceu a peça e já está pensando na simpatia que vai fazer em casa para que este executivo abençoado e solteiro entre na sua. Talvez aquela que manda juntar três pétalas de rosa vermelha, três pelos do peito dele, uma teia de aranha, quatro gotas de curaçau blue e uma meleca do nariz do seu ex-namorado e colocar tudo dentro de um copo que deve ser depositado na janela da cozinha numa noite de lua cheia. Um grau de dificuldade razoável para conquistar uma joia de tamanho quilate. Mas parece que não vai ser preciso. Escute: ele está convidando você para jantar.

No restaurante, foi educado, divertido e não permitiu que você rachasse a conta com ele. Abriu a porta do carro para você entrar. É agora. Você vai ou não vai conhecer o apartamento do executivo abençoado e solteiro? Você já está lá.

Tudo muito bonito. Muito bem decorado. Mas estranhamente asséptico para um homem que mora sozinho. As plantas estão todas vivas e serelepes. Os vidros, imaculados. Tapetes penteados todos para o mesmo lado. E o quarto? Livros com autores em ordem alfabética. Nenhum sapato embaixo da cama. Nem sinal de ácaros. Você aproveita que ele não está por perto e abre o guarda-roupa. Tudo separado por cores, em degradê. É o Imeldo Marcos dos sapatos, pares em profusão, porém nenhum tênis. Ternos Ermenegildo Zegna e as gravatas guardadas em gavetas etiquetadas com nomes de países: Inglaterra, França, Japão. Só de gravatas italianas deu pra contar cinco gavetas. Você fecha tudo com cuidado e se pergunta: onde esse homem se enfiou?

No banheiro. Tomando um longo banho. Pelo visto, não está com pressa. 45 minutos depois, ele reaparece de roupão branco com o brasão da família bordado. Cuidadosamente penteado. Hidratado. Perfumado. Como você vai fazer sexo com esse cara sem desmanchá-lo?

Na hora do bem-bom, tudo bem mais ou menos. Primeiro, um papai e mamãe. Depois, papai e mamãe. E por último, papai e mamãe. Você se sente casada com ele há 46 anos. De repente, uma esperança: ele chama você para a banheira. É agora que vai começar a selvageria. Ele joga você dentro d'água. Alcança três toalhas. E bate a porta, rumo a outro banheiro, pois prefere uma chuveirada.

Quando você volta para o quarto, os lençóis já foram trocados, a janela foi aberta para arejar o ambiente e toca *As quatro estações*, de Vivaldi. Ele, dentes escovados, hálito puro, convida você a se retirar. Você sai e ainda dá tempo de vê-lo limpando suas impressões digitais do trinco da porta. Você que já havia enfrentado todo o tipo de depravado, jamais imaginou que um dia seria vítima de um maníaco por si mesmo.

Junho de 2001

Futebolzinho

Vocês se veem todos os dias. Conversam sobre todos os assuntos. Almoçam ou jantam juntos diariamente. Transam com alguma assiduidade. Viajam juntos. Vão ao cinema juntos. Dormem juntos. Passam todos os Natais juntos. As férias juntos. Pelo amor de Deus, como é que você tem coragem de reclamar do futebolzinho dele?

Todo mundo precisa respirar dentro de um casamento. Você, que vive se queixando do futebolzinho dos sábados, ou do futebolzinho das quintas, ou seja lá que dia o seu marido jogue um futebolzinho com os amigos, deveria se ajoelhar e agradecer por ele ter um hobby e não compartilhá-lo com você. Ele precisa ver outras pessoas, se desintoxicar do ambiente familiar, suar a camisa, perder a barriguinha, tomar um chopinho. Você não pode privá-lo de uma coisa tão inocente.

Você já pensou em quantas mulheres dariam tudo para que o marido delas jogasse um futebolzinho de vez em quando? Tem marido que fica em casa o dia inteiro, tem marido aposentado, tem marido que só faz dormir, tem marido que não sai da frente da tevê, tem marido que não tem amigo: bendita seja você que tem um marido que joga um futebolzinho.

Tem marido que vai para Brasília todas as semanas, marido cujo hobby é colecionar miniaturas, marido que desaparece de casa e só volta três dias depois, marido que cheira, fuma e bebe todos os dias, marido que aposta até a sogra nos cavalos, marido que é violento, marido que é retardado: louvado seja o futebolzinho.

O futebolzinho permite que você enxergue as pernas do seu marido no inverno. O futebolzinho faz com que ele externe sua virilidade, sua fúria, sua raiva contra aquele juiz filho da mãe. O futebolzinho resgata o homem primitivo que ele tem dentro dele. O futebolzinho ajuda-o a descarregar a tensão, dá a ele uns hematomas para se orgulhar, o futebolzinho é sua religião, e você quer acabar com isso porque ele não tem prestado atenção em você? Vá procurar suas amigas e tomar um vinhozinho, bater um papinho, pegar um cineminha. Vá descolar seu próprio futebolzinho.

Eu achei que estava fora de moda o grude nas relações, que isso era coisa do passado, mas recebi um e-mail comovente de um homem apaixonado pela esposa e que tenta, desesperadamente, preservar seu futebolzinho, que ela quer a todo custo exterminar. Fiquem espertas, garotas. O futebolzinho, o vinhozinho e tudo o mais que homens e mulheres fazem separados um do outro é o que nos mantém juntos.

Julho de 2001

Far away

Tenho escutado o último disco do Robert Cray, que esteve recentemente fazendo um show em Porto Alegre. Aliás, o show dele foi um tanto burocrático, preferi o show de abertura feito por Jeff Healey, bem mais intenso e "sujo", no melhor sentido. Mas é Cray que ando escutando no carro, em especial a faixa *Far away*, cuja letra é o lamento de um homem que está saindo de casa. Ele diz pra esposa que ela é ótima, que o problema não é com ela: ele é que não conhece a si mesmo e precisa se descobrir. Pega suas coisas, deixa as chaves na estante e avisa que na manhã seguinte voltará para comunicar às crianças, assim que acordarem, que papai tem que ir embora. A guitarra chora durante os seis minutos da música, e a gente quase chora junto.

Pra você, uma música é apenas uma música, mas pra mim uma música é uma música e um assunto, assim como uma pesquisa eleitoral é uma pesquisa eleitoral e um assunto. Um dia vou falar sobre a fome de assuntos que faz sofrer todo colunista. Pois bem. De tanto ouvir esta canção do Robert Cray, comecei a achar que é mesmo um privilégio ser homem. Um belo dia o cara se dá conta de que não sabe nada sobre si mesmo, que há muitas outras coisas para serem vividas do lado de fora da porta da rua e que se continuar na sua vidinha regrada vai perder o melhor da festa. Aí ele amansa a patroa dizendo que ela é uma mulher estupenda, não tem culpa nenhuma de ele ser um ignorante sobre si mesmo, e sai de casa e do casamento, não sem antes ter a consideração de não acordar as crianças. Ele voltará no dia seguinte para se despedir dos pequenos, que ficarão eternamente gratos por papai ter sido camarada em deixá-los dormir antes de receber a má notícia.

Mulher também tem vontade de se descobrir, fazer sua trouxa e deixar as chaves na estante. Mas imagine a cena. "Crianças adoradas, mamãe precisa se descobrir. Papai, que é um sujeito bacanésimo, vai ficar cuidando de vocês, ok? Tchauzinho."

Punk rock. Nem a Courtney Love cantaria isso sem engasgar. Mulheres têm que se descobrir durante o trajeto do ônibus, têm que se conhecer melhor enquanto escolhem o tomate menos murcho na feira, têm que experimentar novas vivências ali no bairro mesmo. Mulheres dizem para seus filhos que vão passar o final de semana na serra com as amigas e eles automaticamente esquecem onde fica o chuveiro, imagine se ela disser que vai dar uma sumida, conhecer o mundo. Suicídio coletivo.

Foi só um pensamento que me ocorreu enquanto ouvia Robert Cray no carro, presa num congestionamento, indo buscar minhas filhas no colégio como faço todos os dias.

2 de junho de 2002

Dia e noite

A diurna só falta acreditar em Papai Noel, tal é o seu otimismo. Levanta de manhã com uma energia irritante: faz exercícios, lê o jornal e cumpre seus compromissos de uma maneira tão entusiasmada que beira a inocência.

A noturna espreita a morte, sabe que não terá muito tempo de vida.

A diurna não se estressa, acha que para tudo dá-se um jeito, que de grave só há duas ou três coisas na vida, o resto se resolve.

A noturna descobre caroços embaixo da axila.

A diurna faz contas e acredita que o dinheiro vai dar, folheia revistas e imagina-se voando para as ilhas da Polinésia qualquer dia desses.

A noturna pretende nunca mais entrar num avião. Teme pela sua segurança, ouve barulhos estranhos vindos da sala. Promete a si mesma fazer um seguro de vida amanhã bem cedo, mas duvida que sobreviverá ao período de carência.

A diurna planeja mudanças, inventa uns projetos que vão lhe tomar muito tempo, mas tudo bem, ela se olha no espelho e calcula que tem, no mínimo, mais 50 anos de vida útil.

A noturna não levanta da cama, não quer abrir os olhos, não consegue pegar no sono porque está pensando em como vai pagar o IPTU, em como vai fazer para que seus filhos nunca sofram uma violência, em como vai impedir a descalcificação de seus ossos, e ela tem certeza de que amanhã estará chovendo.

A diurna trabalha sem pensar em problemas, está disposta a comprar uma roupa nova e ri sozinha quando lembra da besteira que disse outro dia.

A noturna lembra de todas as besteiras que disse na vida e quer morrer. Fica se perguntando por que não tomou determinada atitude 30 anos atrás, por que não casou com aquele outro 20 anos atrás, por que não disse para sua falecida mãe tudo o que gostaria de ter dito, por que não comprou uma blusa preta em vez daquela fúcsia que vai mofar no armário.

Diurna e noturna, dupla existência, uma mesma mulher sob influência distinta do sol e da lua. De dia, o paraíso, a coragem, as facilidades. De noite, o inferno, o pesadelo, as más vibrações. A diurna é eufórica; a noturna, semitrágica. O silêncio absoluto, quando não vela nosso sono, diverte-se nos torturando.

25 de agosto de 2002

A moça do carro azul

Era a semana que antecedia o Natal. Os carros entupiam as ruas, todos querendo aproveitar um sinal verde, uma vaga para estacionar, chegar mais cedo ao shopping. Eu era apenas mais uma no trânsito, quase sem olhar para os lados, concentrada em alguma tarefa inadiável. Mas de repente o que era movimento e pressa à minha volta parou.

Estava fazendo o retorno numa grande avenida quando passou por mim um carro azul com uma moça na direção. O vidro dela estava aberto e ela não parecia ter nada a esconder: chorava. Não um choro à toa. Ela chorava por uma dor aguda, uma dor de respeito, era um transbordamento. Passou reto por mim e eu concluí meu retorno, e quis o destino que a próxima sinaleira fechasse e alinhasse nossos dois carros, eu ao volante do meu, atônita, ela ao volante do dela, desmoronando.

Eu deveria ter ficado na minha, mas era quase Natal, e quase todos estão tão sós, quase ninguém se importa com os outros, e antes que trocasse o sinal, abri a janela do meu copiloto – sem nenhum copiloto – e perguntei: "Você precisa de ajuda?".

Ela estava com a cabeça apoiada no encosto do banco, olhando em frente para o nada, chorando ainda. Então virou a cabeça lentamente para mim – pensei que iria dizer para eu me preocupar com a minha vida – e disse serenamente: "Já vai passar". E quase sorriu.

Eu respondi "fica bem", fechei o vidro e avancei meu carro um pouquinho pra frente, para desalinhar com o dela e deixá-la livre dos meus olhos e da minha atenção.

Passei o resto do trajeto tentando adivinhar se ela havia rompido uma relação de amor, se havia perdido um filho recentemente, se havia recebido o diagnóstico de uma doença grave, se havia discutido com o marido, se estava com saudades de alguém, se estava ouvindo uma música que a fazia lembrar de uma época terrível – ou sensacional. O que a fazia chorar quase ao meio-dia, numa avenida tão movimentada, sem nem mesmo colocar uns óculos escuros ou fechar o vidro? Que desespero era aquele sem pudor e por isso mesmo tão intenso?

Garota, desculpe invadir com minha voz a sua tristeza. Era quase Natal e eu não aguentei ver você naquele quase deserto, num universo à parte, incompatível com a quase euforia com que recebemos as viradas, as mudanças, a esperança de olhos mais secos. Faz uma semana, lembra? E agora falta quase nada pra gente abraçar a ilusão de que tudo vai ser novo. Que seja mesmo, especialmente pra você. Feliz 2006.

28 de dezembro de 2005

Falar

Já fui de esconder o que sentia, e sofri com isso. Hoje não escondo nada do que sinto, e às vezes também sofro com isso, mas ao menos não compactuo mais com um tipo de silêncio nocivo: o silêncio que tortura o outro, que confunde, o silêncio a fim de manter o poder num relacionamento.

Assisti ao filme *Mentiras sinceras* com uma pontinha de decepção – os comentários haviam sido ótimos, porém a contenção inglesa do filme me irritou um pouco. Nos momentos finais, no entanto, uma cena aparentemente simples redimiu minha frustração. Embaixo de um guarda-chuva, numa noite fria e molhada, um homem diz para uma mulher o que ela sempre precisou ouvir. E eu pensei: como é fácil libertar alguém de seus fantasmas e, libertando-o, abrir uma possibilidade de tê-lo de volta, mais inteiro.

Falar o que se sente é considerado uma fraqueza. Ao sermos absolutamente sinceros, a vulnerabilidade se instala. Perde-se o mistério que nos veste tão bem, ficamos nus. E não é esse tipo de nudez que nos atrai.

Se a verdade pode parecer perturbadora para quem fala, é extremamente libertadora para quem ouve. É como se uma mão gigantesca varresse num segundo todas as nossas dúvidas. Finalmente, se sabe.

Mas sabe-se o quê? O que todos nós, no fundo, queremos saber: se somos amados.

Tão banal, não?

E no entanto essa banalidade é fomentadora das maiores carências, de traumas que nos aleijam, nos paralisam e nos afastam das pessoas que nos são mais caras. Por que a dificuldade de dizer para alguém o quanto ela é – ou foi – importante? Dizer não como recurso de sedução, mas como um ato de generosidade, dizer sem esperar nada em troca. Dizer, simplesmente.

A maioria das relações – entre amantes, entre pais e filhos, e mesmo entre amigos – se ampara em mentiras parciais e verdades pela metade. Pode-se passar anos ao lado de alguém falando coisas inteligentes, citando poemas, esbanjando presença de espírito, sem ter a delicadeza de fazer a aguardada declaração que daria ao outro uma certeza e, com a certeza, a liberdade. Parece que só conseguimos manter as pessoas ao nosso lado se elas não souberem tudo. Ou, ao menos, se não souberem o essencial. E assim, através da manipulação, a relação passa a ficar doentia, inquieta, frágil. Em vez de uma vida a dois, passa-se a ter uma sobrevida a dois.

Deixar o outro inseguro é uma maneira de prendê-lo a nós – e este "a nós" inspira um providencial duplo sentido. Mesmo que ele tente se libertar, estará amarrado aos pontos de interrogação que colecionou. Somos sádicos e avaros ao economizar nossos "eu te perdoo", "eu te compreendo", "eu te aceito como és" e o nosso mais profundo "eu te amo" – não o "eu te amo" dito às pressas por força do hábito, e sim o "eu te amo" que significa: "Seja feliz da maneira que você escolher, meu sentimento permanecerá o mesmo".

Libertar uma pessoa pode levar menos de um minuto. Oprimi-la é trabalho para uma vida. Mais que as mentiras, o silêncio é que é a verdadeira arma letal das relações humanas.

2 de abril de 2006

Terapia do amor

O filme *Terapia do amor* conta a história de uma mulher de 37 anos que se envolve com um garotão de 23, e a coisa funciona às maravilhas, é claro, porque um homem e uma mulher a fim um do outro é sempre uma combinação explosiva, não importa a idade. Mas como em todo conto de fadas que se preze, há a bruxa, no caso a mãe do guri, que não gosta nadinha da ideia, mesmo sendo uma psicanalista de cabeça feita – aliás, psicanalista da própria nora, descobre ela tarde demais. Desse "triângulo" surgem as tiradas engraçadas (Meryl Streep dando show, como sempre) e também a partezinha do filme que faz pensar.

    Pensei. Mas não na questão da diferença de idade, tão comum nas relações atuais. Se antes era natural homens mais velhos se relacionarem com ninfetas, agora as mulheres mais maduras (não existe mulher velha antes dos 100) se relacionam com caras mais jovens e está tudo certo, até porque eles também tiram proveito. A troco de que gastar energia com uma garotinha cheia de inseguranças? Mais vale uma quarentona que perdeu a chatice natural de toda mulher e se tornou serena, independente, autoconfiante e bem-humorada. São mais relaxadas, garantem o próprio sustento e não perdem tempo fazendo drama à toa. Qual o homem que não vai querer uma mulher assim? Se você acha que este parágrafo foi uma defesa em causa própria e a de todo o mulherio que não tem mais vinte anos, acertou, parabéns, pegue seu brinde na saída.

Sem brincadeira: o mais interessante do filme, a meu ver, foi mostrar que é difícil viver um relacionamento sabendo que ele vai terminar ali adiante, mas que, mesmo assim, vale a pena, não será um tempo perdido. Fomos todos criados para o "pra sempre", como se o objetivo de todos os casais ainda fosse o de constituir família. Quando é, convém pensar a longo prazo. Só que hoje muitas pessoas se relacionam sem nenhum outro objetivo que não seja o de estar feliz naquele exato momento, mesmo sabendo que as diferenças de religião, idade, condição social ou ideologia poderão encurtar a história (poderão, não quer dizer que irão). Há cada vez menos iludidos. Poucos são aqueles que atravessam uma vida tendo um único amor, então, vale o que está sendo vivido, o momento presente. "Dar certo" não está mais relacionado ao ponto de chegada, mas ao durante.

A personagem de Meryl Streep, depois de ter todos os chiliques normais de uma mãe que acha que o filhote está perdendo em vez de estar ganhando com a experiência, organiza melhor seus pensamentos e diz, ao final do filme, uma coisa que pode parecer fria para ouvidos mais sensíveis, mas é um convite a cair na real: "Podemos amar, aprender muito com esse amor e partir para outra". O compromisso com a eternidade é opcional e ninguém merece ser chamado de frívolo por não fazer planos de aposentar-se juntos.

Já escrevi sobre isso em outras ocasiões e sempre acham que estou descrevendo o apocalipse. Ao contrário, triste é passar a vida falando mal do casamento – estando casado – e colecionando casos extraconjugais e mentiras dolorosas. Melhor legitimar os amores mais leves, menos fóbicos, comprometidos com os sentimentos e não com as convenções. Esses serão os melhores amores, que poderão, quem sabe, até durar para sempre, o que será uma agradável surpresa, jamais uma condenação.

7 de maio de 2006

O cara do outro lado da rua

Ele sabia onde ela morava, a via frequentemente saindo com o carro pela garagem, já havia até decorado a placa da atriz. O que ele não sabia é que ela, da janela do seu apartamento, reparava nele todo dia também, quando ele chegava no escritório em frente. Um moreno alto, não muito diferente de qualquer outro moreno alto.

Ele acompanhava a novela das oito que ela fazia, gostava do jeito que ela atuava, havia uma certa dignidade na escolha dos papéis, e imaginava que ela tinha diversos namorados. Ela, por sua vez, nada sabia dele, a não ser que era um homem como outro qualquer.

Um dia se cruzaram, ela saindo do prédio, ele chegando ao escritório, e por razão nenhuma se cumprimentaram. Duas vogais: oi.

Passaram semanas e um dia se abanaram, de longe. E longe permaneceram por outros tantos meses. A atriz famosa do prédio em frente. O cara do escritório do outro lado da rua. Era isso que eram um para o outro.

Não se sabe quem tomou a iniciativa, se foi ela que sorriu de um jeito mais insinuante ou se ele que acordou de manhã com o ímpeto de sair da rotina, apenas se sabe que um dia pararam na calçada para ir além das duas vogais, e ele teve a audácia de convidá-la para um café, e ela teve o desplante de aceitar.

Durante o café, ele soube que ela havia se separado recentemente, e ela soube que ele estava tentando arranjar coragem para encerrar uma relação desgastada. Ela tomou uma água mineral sem gás, ele, dois expressos, e ficaram de se falar.

No dia seguinte ele telefonou e comentou que ela havia dado a ele a coragem que faltava. O recado foi entendido, e ela aceitou prontamente um convite para jantar, e desde então não pararam mais de se tocar e de se conhecer. Ela contou, entre lençóis, que trabalhar na tevê é uma profissão como as outras, que o estrelato é uma percepção do público e que no fundo ela era uma mulher quase banal. Ele contou, durante uma viagem que fizeram juntos, da relação que tinha com os avós, da importância deles na sua infância e em como seu passado de garoto do interior havia definido seu caráter. Ela contou, enquanto cozinhavam um macarrão, que havia sido uma menina bem gordinha e que implicavam muito com ela na escola. Ele contou, enquanto procurava uma música no rádio, que havia morado em Lisboa e que seu sonho era ser pai. Ela contou, enquanto penteava o cabelo dele, que às vezes chorava mais de felicidade do que de tristeza e que ainda não sabia o que dar a ele de aniversário. Ele contou, num dia em que assistiam a um filme na tevê, que ela iria rir, mas era verdade: quando garoto, ele chegou a pensar em ser padre. Ela contou, enquanto retocava o esmalte, que já havia se atrevido a escrever poemas, mas eram horríveis. Ele pediu para ler. Um dia ela mostrou. Eram horríveis mesmo. Ele mostrou os versos dele. Não é que o danado escrevia bem?

Não chegaram a viver juntos como vivem todos os casais, mas também nunca mais ficaram separados por uma janela, por uma rua, por um silêncio interrogativo, por uma possibilidade remota. Havia acontecido. Ela, para ele, nunca mais uma celebridade. Ele, para ela, nunca mais um homem comum.

6 de agosto de 2006

Eu, você e todos nós

Já aconteceu de cinco ou seis leitores reclamarem dos filmes que comento aqui, principalmente quando são filmes mais alternativos, menos comerciais. "Puxa, mas o que você viu naquela chatice?" Hoje vou falar sobre um deles; então, se você não gosta de nada meio fora do padrão, nem perca seu tempo. Me refiro a *Eu, você e todos nós*, filme de estreia da artista multimídia Miranda July, que tem seus trabalhos expostos no MoMA e no Museu Guggenheim, em Nova York. Agora ela se aventurou no cinema e, a meu ver, não se deu mal. Fez um filme delicado sobre um tema que sempre cai como um chumbo: a solidão.

O filme mostra fragmentos da vida de algumas pessoas aparentemente com nada em comum: uma videomaker (a própria Miranda July), um vendedor de sapatos recém-separado, um senhor que se apaixona pela primeira vez aos 70 anos, duas adolescentes planejando sua primeira experiência sexual, um menino de seis anos que entra na internet e se envolve numa correspondência picante com uma mulher, uma menininha com um hábito fora de moda – coleciona peças para seu enxoval.

Em comum, apenas a errância. Ir em frente, ir em busca, ir atrás, ir para onde? Somos obrigados a estar em movimento, mas ninguém nos aponta um caminho seguro.

Eu, você e todos nós estamos à procura de algo que ainda não experimentamos, algo que a gente supõe que exista e que nos fará mais felizes ou menos infelizes. Eu, você e todos nós tentamos salvar nossas vidas diariamente, e qual a melhor maneira para isso? Trabalhar e amar, creio eu, mas não é fácil. Os que não conseguem se realizar através do trabalho e do amor, tentam se salvar das maneiras mais estapafúrdias, alguns até colocando-se em risco, numa atitude tão contraditória que chega a comover: autoflagelo, exposição barata, superação de limites, enfim, os meios que estiverem à disposição para que sejam notados.

Eu, você e todos nós somos crianças das mais diversas idades.

Pedimos pelo amor de Deus que o telefone toque e que a partir desse toque um novo capítulo comece a ser escrito na nossa história. Fingimos que somos seres altamente erotizados e, na hora H, amarelamos. Depositamos todas as nossas fichas amorosas em pessoas que não conhecemos senão virtualmente. Disfarçamos nosso abandono com frases ousadas e sem verdade alguma. O que a gente gostaria de dizer, mesmo, é: me dê sua mão.

Eu, você e todos nós queremos intimidade, mas evitamos contatos muito íntimos. Não queremos nos machucar, mas usamos sapatos que nos machucam. A gente quer e não quer, o tempo todo. Será que durante uma caminhada de uma esquina a outra, em um único quarteirão, é possível acontecer uma paixão, uma descoberta? Quantos metros precisamos percorrer, quantos dias devemos esperar, em que momento da nossa vida irá se realizar o nosso maior sonho e, uma vez realizado, teremos sensibilidade para identificá-lo? O nosso desejo mais secreto quase sempre é secreto até para nós mesmos.

Somos uma imensa turma, somos uma enorme população, somos uma gigantesca família de solitários, eu, você, todos nós.

20 de agosto de 2006

Qualquer um

A reclamação é antiga, mas continua vigente: mulheres se queixam de que não há homem "no mercado". Acabo de receber um e-mail de uma delas, contando que faz parte de um grupo de mulheres na faixa dos 35 anos que são independentes, moram sozinhas, trabalham, falam idiomas, são vaidosas, têm cultura, fazem ginástica e, mesmo com tantos atributos, seguem solteiras e temem não haver tempo para formar a própria família. No finalzinho da mensagem, descubro uma pista para a solução do problema: "Apesar de o relógio biológico estar nos pressionando, não queremos procriar com qualquer um. Queremos um cara bacana para ir ao cinema, almoçar no domingo, viajar nos finais de semana".

Claro. Quem não quer?

Não há problema nenhum em ser exigente, em querer uma pessoa que seja especial. O que me deixa intrigada é que há mais probabilidade de você encontrar "qualquer um" do que um deus grego com um crachá escrito "Príncipe Encantado". Então me pergunto: as mulheres estarão dando chance para que este "qualquer um" demonstre que está longe de ser um qualquer?

Sou capaz de apostar que a maioria das mulheres, no primeiro papo, já elimina o candidato, e quase sempre por razões frívolas. Ou porque o sapato dele é medonho, ou porque ele não sabe quem é Roman Polanski, ou porque ele gosta de pizza de estrogonofe com banana, ou porque ele só gosta de comédia, ou porque ele mistura Steinhäger com cerveja, ou porque o carro dele é um carro do ano. Do ano de 1991.

Imagina se você, proveniente de uma família estruturada, criada dentro de padrões de bom gosto, com qualidades encantadoras, vai se envolver com esse... com esse... com esse sei lá quem.

Pois o "sei lá quem" pode ser, sim, aquele cara bacana que levará você para almoçar no domingo, mas você tem que dar uma mãozinha, minha linda. Recolha seus prejulgamentos, dê umas férias para seus preconceitos, deixe seu orgulho de lado e saia com ele três, quatro vezes, até ter certeza absoluta de que o sapato medonho vem acompanhado de um caráter medonho, de um mau humor medonho, de uma burrice medonha. Porque se o problema for só o sapato e a pizza de estrogonofe, isso dá-se um jeito depois, ele não há de ser tão inflexível.

Aliás, e você? Garanto que também não sai pela rua com uma camiseta anunciando "Mulher Maravilha". Ele também vai ter que descobrir o que há por trás da sua ficha estupenda, e vá que ele implique com as três dezenas de comprimidos que você ingere por dia, com sua recusa em molhar o cabelo no mar, com sua fixação por telefone ou com os seus sutiãs do ano. Do ano de 1991 também.

Essa coisa chamada "história de amor" requer um certo tempo para ser construída, e as que dão certo são aquelas vividas com paciência, com o espírito aberto, e geralmente com qualquer um que consiga romper nossas defesas e nos fazer feliz.

22 de outubro de 2006

Nenhuma mulher é fantasma

Almodóvar está de novo em cartaz nos cinemas, portanto, hora de sair de casa: *Volver* é obrigatório.

A cena de abertura nos prepara para o que virá pela frente. Num cemitério, várias mulheres limpam e cuidam dos túmulos de seus maridos: todas sobreviveram a eles. E daí por diante é só o que vemos no filme: mulheres. Os poucos homens que aparecem não podem nem ao menos ser chamados de coadjuvantes, são meros figurantes, quase mortos-vivos: se há algum fantasma nesse filme, não se deixe enganar pelas resenhas, ele é masculino. Mulher é sempre real, comoventemente real.

Já me perguntaram uma centena de vezes quais as diferenças entre homens e mulheres, as diferenças entre a literatura feita por nós e a feita por eles, a velha ladainha: diferença, diferença. Prefiro exaltar nossas afinidades. Não me interessa incrementar essa guerrinha antiga, que faz parecer que as conquistas femininas são resultado de uma revanche. Sem essa, não contem comigo para ser mais uma a colocar cada sexo num canto oposto do ringue.

Pois bem. Mesmo não sendo afeita a imunizar toda mulher só pelo fato de ser mulher, e tampouco afeita a propagar a pretensa superioridade masculina – está todo mundo no mesmo barco, é no que acredito –, este filme de Almodóvar conseguiu mexer com minhas convicções, já que ele parece conhecer mais sobre nós do que nós mesmas. Ok, uma mulher é apenas uma mulher, mas uma mãe é um vulcão, um furacão, uma enchente, uma tempestade, um terremoto. Uma mãe é invencível. Não há perda que ela não transforme em força. Não há passado que ela não emoldure e coloque na parede. Não há medo que a mantenha quieta por muito tempo.

Volver é mais um tributo que Almodóvar presta a este gênero humano que veio equipado com cromossomos XX, a mulher que não é híbrida, mas é plural; não é bem certa, mas é íntegra, e que ele homenageia de uma forma peculiar: colocando-a em situações-limite. Nesse filme, mais uma vez, o tema abuso sexual volta à tona. E então ele nos vinga, coloca-se a nosso serviço, nos empresta uma força de estivador para enterrar nossos algozes. Ele é o juiz invisível dessa luta em que a mulher sai sempre um pouco machucada, mas invariavelmente vitoriosa.

Almodóvar está do nosso lado, e a gente acaba acreditando mesmo que há dois lados. Filmando com delicadeza e explorando bem a solidariedade e o afeto das latinas, ele nos faz voltar – atenção, *volver* – à nossa natureza de leoa e à nossa corajosa humildade, aquela que nos faz perdoar e pedir perdão para desobstruir nossos caminhos. Mulheres vão em frente e voltam, mulheres prosseguem e retornam, dois passos para frente e um passo para trás, cautela e coragem. As virtudes e pecados sempre dentro da bolsa, inseparáveis, nada se perde. Eis a visão pessoal, passional e parcial desse diretor puro-sangue, que é exagerada, mas instigante: os homens passam, mas as mulheres não morrem.

19 de novembro de 2006

As verdadeiras mulheres felizes

Acabo de ler um livro de Eliette Abécassis, uma francesa que eu não conhecia. O nome da obra, no original, é *Un heureux événement*, que pode ser traduzido para "Um feliz acontecimento", mas é um título irônico, pois o livro trata do fator que, segundo a autora, destrói as relações amorosas: o nascimento de um filho. Num tom exageradamente desesperado, a personagem narra o fim do seu casamento depois que dá à luz. Concordo que a chegada de uma criança muda muita coisa entre o casal, mas a escritora carrega nas tintas e cria um quadro de terror para as mães de primeira viagem. Se o nascimento de um filho é sempre desconcertante, é preciso lembrar que é, ao mesmo tempo, uma emoção sem tamanho. De minha parte, só tenho bons momentos a recordar, nada foi dramático. Mas mesmo que, por experiência própria, eu não compartilhe com a desolação da autora, ainda assim ela diz no livro uma frase muito interessante. Ao enumerar as diversas mazelas por que passam as criaturas do sexo feminino, ela me veio com esta: "Os homens são as verdadeiras mulheres felizes".

Atente para a sutileza da frase. O que ela quis dizer? Que os homens saem pela porta de manhã e vão trabalhar sem pensar se os filhos estão bem agasalhados ou se fizeram o dever da escola. Os homens não menstruam, não têm celulite, não passam por alterações hormonais que detonam o humor. Os homens não se preocupam tanto com o cabelo e não morrem de culpa quando não telefonam para suas mães. Os homens comem qualquer coisa na rua e o cardápio do jantar não é da sua conta, a não ser quando decidem cozinhar eles próprios, e isso é sempre um momento de lazer, nunca um dever. Os homens não encasquetam tanto, são mais práticos. Eu, que estou longe de ser uma feminista e mais longe ainda de ser ranzinza, tenho que reconhecer o brilhantismo da frase: os homens são mulheres felizes. Eles fazem tudo o que a gente gostaria de fazer: não se preocupam em demasia com nada.

Porque nosso mal é este: pensar demais. Nós, as reconhecidas como sensíveis e afetivas, somos, na verdade, máquinas cerebrais. Alucinadamente cerebrais. Capazes de surtar com qualquer coisa, desde as mínimas até as muito mínimas. Somos mulheres que nunca estão à toa na vida, vendo a banda passar, e sim atoladas em indagações, tentando solucionar questões intrincadas, de olho sempre na hora seguinte, no dia seguinte, planejando, estruturando, tentando se desfazer dos problemas, sempre na ativa, sempre atentas, sempre alertas, escoteiras 24 horas.

Os homens, mesmo quando muito ocupados, são mais relax. Focam no que têm que fazer e deixam o resto pra depois, quando chegar a hora, se chegar. Não tentam salvar o mundo de uma tacada só. E a chegada de um filho, ainda que assuste a eles, como assusta a todos, é algo para se lidar com calma, é um aprendizado, uma curtição, nada de muito caótico. Eles não precisam dar de mamar de duas em duas horas, não ficam fora de forma, não enlouquecem. Isso é uma dádiva: os homens raramente enlouquecem.

Nós, nem preciso dizer. Nascemos doidas. Por isso somos tão interessantes, é verdade. Porém, felicíssimas, só de vez em quando, nas horas em que não nos exigimos desumanamente. Homens, portanto, são realmente as verdadeiras mulheres felizes. Que isso sirva de homenagem aos queridos, e sirva pra rir um pouco de nós mesmas, as que se agarram com unhas e dentes ao papel de vítimas porque ainda não aprenderam a ser desencanadas como eles.

27 de maio de 2007

Um cara difícil

Prezada leitora: se um dia você sair com um cara pela primeira vez, motivada a iniciar um relacionamento amoroso, e ele adverti-la dizendo "sou um cara difícil", acione a luz amarela. Ok, pode ser que seja apenas charminho dele, uma maneira de se valorizar aos seus olhos – usou o adjetivo "difícil" como oposto de "tedioso". Sim, talvez ele só queira deixá-la ainda mais a fim, dizendo uma frase desafiadora que pode ser traduzida como: será que você consegue dar conta do meu temperamento explosivo, terá atributos suficientes para me amansar e me fazer virar um cordeiro na sua mão? Mulheres adoram esse joguinho perigoso.

Só que pode não ser jogo algum, e ele estar sendo absolutamente modesto na sua própria descrição: talvez ele não seja difícil, e sim impossível.

Nenhum de nós é muito fácil, nem homens, nem mulheres. Só o fato de termos sido criados em cativeiro numa família com suas próprias regras, valores e manias já faz de cada um de nós uma aposta arriscada na hora de ter que negociar com uma espécie nascida em um cativeiro diferente. Mas, como relações entre irmãos são veementemente desaconselhadas, o jeito é procurar uma alma gêmea na praia, no bar, na rave, e torcer para que ele não dê o fatídico aviso "sou um cara difícil", porque se ele for mais difícil do que todos naturalmente são, aí danou-se.

O cara difícil vai estar superentusiasmado quando falar com você ao telefone pela manhã e, à tardinha, ligará de novo para desmarcar o cinema porque precisa ficar sozinho. E o mais grave: ele vai mesmo ficar sozinho, com a luz apagada, em embate silencioso com seus demônios internos.

Quando vocês estiverem na plateia de um show com três mil pessoas, ele vai encasquetar que um homem de camiseta verde está olhando com insistência para você, e vai ter certeza de que você está retribuindo o olhar, e você vai perder a voz tentando explicar, no meio daquela barulheira, que tem pelo menos oitocentos marmanjos de camiseta verde em volta, todos olhando para o palco.

Aliás, se estivessem olhando pra você, qual o problema, ele não se garante?

Que audácia, você peitou o cara difícil. Ele vai deixá-la sozinha no show e desligará o celular por três dias. Se você não amá-lo, o prejuízo será apenas a bandeirada do táxi que você terá que pegar para voltar sozinha pra casa, mas se você o ama, prepare-se para esvair-se em explicações e declarações, a fim de trazê-lo de volta à realidade. Um cara difícil exige uma paciência oceânica.

Ele vai ser romântico e muito bruto. Ele vai ser generoso e muito casca-grossa. Ele vai dizer a verdade e vai mentir às vezes. Ele vai fazê-la se sentir uma eleita entre todas, e depois vai dar mole pra muitas. Ele vai implicar com as mínimas coisas, e com as grandes também. Ele vai exibir qualidades que você nem sabia que um homem poderia ter e, em troca, vai abusar de todos os defeitos que você sabia que todo homem tinha. Ele vai ser ótimo na cama. Vai ser um perigo dirigindo um carro. Vai ser gentil com sua mãe. Vai ser um brucutu com a mãe dele. Ele mudará de humor a cada vinte minutos, ele vai brigar por nada, vai beijá-la demoradamente por horas e, com essa bipolaridade bem ou mal disfarçada, ele a deixará tão tonta e exausta que você pensará que foi atropelada por um trem descarrilhado. "Quem sou eu?" será sua primeira pergunta ao acordar sobre os trilhos.

No primeiro encontro, pergunte: você é um homem difícil? Se ele responder que é, procure imediatamente um psicanalista. Pra você, santa.

23 de março de 2008

Em que você está pensando?

Estava participando de um evento, quando uma moça se aproximou de mim e disse: "Gostaria de saber sua opinião: sempre que eu pergunto para o meu marido sobre o que ele está pensando, ele responde que não está pensando em nada. Isso é possível?".

"Não, não é possível", respondi. "Não é possível que você pergunte para o seu marido sobre o que ele está pensando. Você não tem pena do coitado?"

Rimos e trocamos de assunto.

O fato é que não é só ela. Muitas vezes compartilhamos o silêncio com alguém que amamos muito, mas o amor nem sempre é blindagem suficiente contra a insegurança, e aí aquele silêncio vai se tornando incômodo, aflitivo, até que, para não deixar o caladão ou a caladona fugir para muito longe, surge a invasiva pergunta: "No que você está pensando?".

Pode acontecer durante uma viagem de carro, durante uma caminhada, até mesmo em frente à tevê: "No que você está pensando?".

Estava pensando se o bolo desandou por eu ter colocado farinha de rosca em vez de farinha de trigo. Estava tentando lembrar se foi o Robert Downey Jr. que fez o papel de Gandhi no cinema. Estava procurando entender como o elefante, sendo herbívoro, consegue ser tão gordo.

Como diria Olavo Bilac, certo perdeste o senso.

O pensamento é sagrado, o único território livre de patrulha, livre de julgamentos, livre de investigações, livre, livre, livre. Área de recreação da loucura. Espaço aberto para a imaginação. Paraíso inviolável. Se estivermos estranhamente quietos num momento em que o natural seria estarmos desabafando, ok, é bacana que quem esteja a nosso lado demonstre atenção. Você está aborrecido comigo? Está preocupado? Quer conversar? Está precisando de alguma coisa? Quem gosta de nós percebe quando nosso silêncio é uma manifestação de sofrimento ou desagrado, e nos convocar para um diálogo é uma tentativa de ajudar.

Mas durante uma viagem de carro em que está tudo numa boa e você está apenas apreciando a paisagem? Durante uma caminhada no parque em que você está observando as diferentes tonalidades de verde das árvores? Na frente da tevê, quando você está fixado na entrevista do seu cineasta preferido? Esse é o silêncio da paz, do sossego, e não merece ser interrompido por suspeitas. Sim, até pode ser que você esteja pensando, durante a viagem, que o relacionamento de vocês também já foi longe demais. E que o parque seria um belo local para um encontro clandestino. De preferência com o cineasta da entrevista, que você nem imaginava ser tão bonitão. Sim, pode ser.

Em que você está pensando?

Em nada, meu bem. Em nada.

16 de maio de 2010

O amor, um anseio

Recebi de presente de uma querida amiga um livrinho com pensamentos de Carl Jung sobre o amor, esse tema tão fascinante e que nunca se esgota. Pai da psicologia analítica, Jung faz várias considerações, até que em certo momento da leitura me deparei com a seguinte frase: "O amor da mulher não é um sentimento – isso só ocorre no homem – mas um anseio de vida, que às vezes é assustadoramente não sentimental e pode até forçar seu autossacrifício".

Peraí. Isso é sério. O que eu entendi dessa afirmação é que o homem é o único ser capaz de sentir um amor genuíno e desinteressado, mesmo durante a juventude, quando as pressões sociais empurram a todos para o casamento. O homem luta contra essa pressão e só atende ao seu mais puro sentimento – e se esse sentimento não existir, ele não compactua com uma invenção que o substitua. O homem não cria um amor que lhe sirva.

Já para a mulher o amor não é uma reação emocional, é muito mais que isso: aliado a esse sentimento latente, existe um projeto de vida extremamente racional que precisa ser levado a cabo para que ela concretize seu ideal de felicidade. O amor é uma ponte que a levará a outras realizações mais profundas, o amor é um condutor que a fará chegar ao estado de plenitude e que envolve a satisfação de outras necessidades que não apenas as de caráter romântico.

Ou seja, romântico mesmo é o homem.

A mulher necessita encontrar seu lugar no mundo, a mulher precisa completar sua missão até o fim (ter filhos, a mais prioritária), a mulher deseja responder seus questionamentos internos, a mulher sente-se impelida a formatar um esquema de vida que seja inteiro e não manco, a mulher leva seus sonhos muito a sério e possui uma voragem que a faz querer conquistar tudo o que lhe foi prometido ao nascer. O amor é um caminho para a realização desse projeto que é bem mais audacioso e ambicioso do que simplesmente amar por amar. O amor pode nem ser amor de verdade, mas é através de algum amor, seja ele de que tipo for, que ela confirmará sua condição de mulher. O homem já nasce confirmado em sua condição.

Será isso mesmo ou estou viajando na interpretação que fiz? Se eu estiver certa, então talvez o verdadeiro amor seja o amor da maturidade, o amor que vem depois de a mulher já ter atingido seu anseio original, o amor que surge do descanso depois de tanto ter se empenhado, o amor que vem quando não há mais perseguição a nada: o amor maduro e íntegro da mulher pode enfim se conectar com o amor maduro e íntegro que o homem sempre sentiu. Os amores puros de um e de outro finalmente se encaixariam – o amor real dele e o amor dela desprovido de ansiedades secretas. Enfim, juntos?

Indo perigosamente mais longe, talvez isso explique por que são as mulheres as que mais pedem o divórcio: já atingiram seus propósitos e procuram agora vivenciar um amor que seja unicamente sentimental, sem cota de sacrifício, enquanto que o homem só pede o divórcio quando se apaixona por outra mulher, pois ele sempre foi movido pelo amor desde o começo, deixando as racionalizações fora do âmbito do coração.

Jung, me perdoe se delirei a partir de uma única frase sua, mas me permita realizar esse meu anseio inesgotável de pensar o amor além de vivenciá-lo. Que jeito, sou mulher.

22 de maio de 2011

Ser feliz ou ser livre

Dizem que ainda vai chover muito no sul e fazer frio até outubro. Meleca. O jeito é se conformar tendo um bom livro nas mãos, como o delicioso *Casados com Paris*, de Paula McLain, que narra, numa biografia romanceada, como foi o primeiro casamento de Ernest Hemingway. Ele tinha 21 anos e sonhava em ser um escritor famoso quando conheceu Hadley Richardson, de 28, que só desejava viver um grande amor. Eram os efervescentes anos 20, pós-Primeira Guerra. Ambos viviam sonorizados pelo jazz, tendo como amigos Gertrude Stein e o casal Fitzgerald, e driblavam a Lei Seca com litros de uísque, vinho e absinto. O espírito é parecido com o do filme *Meia-noite em Paris*, de Woody Allen, mas o livro vai bem mais fundo no registro de época. Uma prosa escrita em tom de pileque, com direito a uma ressaca braba no final.

Hemingway era, ele próprio, um personagem fascinante: trazia à tona as contradições mais secretas do ser humano. Sensível e rude ao mesmo tempo, demonstrava ser um homem com múltiplos talentos, menos o de se adaptar a uma felicidade de butique. Corria o mundo atrás de seus sonhos e, não os encontrando, empacotava suas coisas e voltava ao ponto de origem, até que a próxima aventura o chamasse. Amava os amigos, a bebida, o sexo oposto, a literatura e as touradas, não necessariamente nessa ordem:

aliás, sem ordem alguma. Ele próprio era um animal belo, viril e destemido diante de uma arena perplexa. Havia sobrevivido a uma guerra que tentara lhe roubar a alma. Aprendera a se defender mesmo quando não era atacado.

Hadley acompanhava esse ritmo entre encantada e assustada. Não era fácil ser mulher de um homem que vivia aumentando as apostas: sentir mais, arriscar mais. Não fosse assim, seria a morte por indignidade, como ele definia a resignação. Ou seja, sua primeira esposa viveu no melhor dos mundos e no pior, quase simultaneamente.

O livro é narrado por ela, Hadley. É comovente ver sua luta interna para manter um casamento razoavelmente dentro dos padrões sem com isso podar o homem para o qual a felicidade não era um valor absoluto, mas a liberdade, sim. Hemingway nunca teve dúvida de que ser livre era bem mais necessário e menos complicado do que ser feliz.

Fácil para quem vivencia essa liberdade, difícil para quem tem que engoli-la. Hadley era tão encantadora e especial quanto Hemingway, ainda que sob outro ponto de vista. E é esse embate emocional que o livro narra de forma adorável e ao mesmo tempo angustiante: um homem que luta para não entregar sua alma em nome das conveniências, e uma mulher que também não abre mão da sua, apesar das perdas que vier a sofrer.

Quem ganha é o leitor.

31 de agosto de 2011

Nadir, Eurípedes e Yuri

Quando acontece de eu receber um e-mail sem ter certeza se quem assina é homem ou mulher, geralmente descubro uma pista dentro da mensagem mesmo. Ou a pessoa diz "sou *sua* fã" ou termina enviando "um abraço *do*...". O Nadir poderia ter feito isso, assinado "Um abraço do Nadir", e eu não teria passado a vergonha de ter mandado uma resposta iniciando com "Querida Nadir".

O Nadir, meu leitor, ficou bravo comigo. Disse que eu deveria saber que Nadir é um nome árabe masculino. Desculpe, Nadir. Mas é que há muitas Nadir também. Anos atrás, quando a Luiza Brunet pensou em se dedicar à carreira de atriz, ela fez um personagem de novela que se chamava Nadir. Tem coisa mais inquestionavelmente mulher do que a Luiza Brunet?

As Nadir e os Nadir talvez passem por esse tipo de engano com alguma frequência quando o contato não é visual. Por telefone, onde não raro confundimos voz de mulher e de homem, deve ser uma bola fora atrás da outra. Na hora de preencher cadastro, também. Como assim, Nadir, 1 metro e 89, 97 quilos, treinador de jiu-jitsu e casado com a Leila? Mas, ora, quem garante que uma Nadir não possa ser alta, forte e casada com uma moça? Ah, os tempos modernos. De qualquer forma, os pais, ao registrarem seus filhos, poderiam ser mais facilitadores.

Eurípedes concorda. A dona Eurípedes. Ela conta que seus três filhos já ouviram muita piada por terem como pais Roberto e Eurípedes. E a Donizete fica furiosa quando não reconhecem seu nome como sendo de mulher. Diz que a família das "etes" não deixa dúvida: Elizabete, Claudete, Bernadete, Janete. Pelo visto ela nunca ouviu falar daquele jogador que chegou à seleção e foi campeão brasileiro pelo Botafogo.

A Yuri, que é cabeleireira, também não gosta de dar explicação, mas se conformou. Sabe que existiu um Yuri Gagarin que foi mais famoso que ela. As Yuri passaram a ser confundidas com os rapazes.

Nomes estrangeiros, uma sinuca. Kim Novak, Kim Basinger, Kim Kardashian: várias gerações de Kim glamourosas, e aí surge o belo Kim Riccelli pra mostrar que é tão Kim quanto. Se for nome francês, então. Pergunte a um Renê ou a uma Etienne. Ou a uma Renê e a um Etienne.

Sasha, todos sabem, é filha da Xuxa, e não filho, mesmo com um nome russo masculino. E admito, envergonhada, que a primeira vez que ouvi falar de George Sand, nome expressivo da literatura francesa do século XIX, nem me passou pela cabeça que pudesse ser mulher. Chamava-se na verdade Amandine Aurore, mas passou a assinar seus livros como George Sand e assim ficou eternizada. O escritor moçambicano Mia Couto já recebeu vestidos e brincos de presente por conta do mesmo equívoco.

Do que se conclui que assinar e-mail com *Abraço, Nadir* é provocação. Por favor: do Nadir, da Nadir. E assim seremos todos felizes.

23 de outubro de 2011

Sustento feminino

Estive participando de um seminário sobre comportamento, onde foi dito que as mulheres estão de tal forma cansadas de suas múltiplas tarefas e do esforço para manter a independência que começam a ratear: andam sonhando de novo com um provedor, um homem que as sustente financeiramente. Não acreditei. Outro dia discuti com uma amiga porque duvidei quando ela disse estar percebendo a mesma coisa, que as mulheres estão selecionando seus parceiros pelo poder aquisitivo – não só as maduras e pragmáticas, mas também as adolescentes, que ainda deveriam cultivar algum romantismo.

Então é verdade? Pois me parece um retrocesso. A independência nos torna disponíveis para viver a vida da forma que quisermos, sem precisar "negociar" nossa felicidade com ninguém. São poucos os casos em que se pode ser independente sem ter a própria fonte de renda (que não precisa obrigatoriamente ser igual ou superior à do marido). Não é nenhum pecado o homem pagar uma viagem, dar presentes, segurar as pontas em despesas maiores, caso ele ganhe mais – é distribuição de renda. Mas se é ela que ganha mais, a madame também pode assumir o posto de provedora sênior, até que as coisas se equalizem. Parceria é uma relação bilateral. É importante que ambos sejam autossuficientes para que não haja distorções sobre o que significa "amor" com aspas e amor sem aspas.

As mulheres precisam muito dos homens, mas por razões mais profundas. Estamos realmente com sobrecarga de funções – pressão autoimposta, diga-se –, o que faz com que percamos nossa conexão com a feminilidade: para ser mulher não basta usar saia e pintar as unhas, essa é a parte fácil. A questão é ancestral: temos, sim, necessidade de um olhar protetor e amoroso, de um parceiro que nos deseje por nossa delicadeza, nossa sensualidade, nosso mistério. O homem nos confirma como mulher, e nós a eles. Essa é a verdadeira troca, que está difícil de acontecer porque viramos generais da banda sem direito a vacilações, e eles, assustados com essa senhora que fala grosso, acabam por se infantilizar ainda mais.

Podemos ser independentes e ternas, independentes e carinhosas, independentes e fêmeas – não há contradição. Estamos mais solitárias porque queremos ter a última palavra em tudo, ser nota 10 em tudo, a superpoderosa que não delega, não ouve ninguém e que está ficando biruta sem perceber.

Garotas, não desistam da sua independência. Façam o que estiver ao seu alcance, seja através do trabalho ou do estudo, em busca de realização e amor-próprio. Escolher parceiros pelo saldo bancário é triste e antigo, os tempos são outros. É plausível que se procure alguém com o mesmo nível intelectual e social, com um projeto de vida parecido e com potencial de crescimento – mas para crescerem juntos, não para garantir um tutor.

A solidão, como contingência da vida, não é trágica, podemos dar conta de nós mesmas. Mas, ainda que eu pareça obsoleta, ainda acredito que se sentir amada é o que nos sustenta de fato.

28 de outubro de 2011

Fidelidade feminina

Peguei a conversa pela metade, mas não pude deixar de acompanhar até o final. Ninguém resiste a escutar uma mulher confidenciando um segredo a outra.

– Desde quando isso está acontecendo?
– Ainda não está acontecendo, mas vai acontecer em breve. É horrível ter que traí-lo, nunca me imaginei nessa situação. A gente sempre se deu tão bem. Mas sinto que chegou a hora do meu turning point.
– Você conheceu outro?
– Uma colega nos apresentou. Fiquei fascinada. Tão solto, tão moderno.
– Procura resistir, Marilia. Afinal, você construiu uma relação sólida de... quanto tempo mesmo?
– Dezessete anos, acredita? E nunca olhei para o lado, fiel como uma labradora. Hoje ele é meu melhor amigo. Muito além de qualquer outra coisa.
– E você vai arriscar perder essa cumplicidade por causa de uma tentação?
– Rê, chega uma hora em que é preciso mudar. Eu vou fazer 50 anos. Olho todos os dias para o espelho e enxergo a mesma cara, a mesma falta de brilho. Estou envelhecendo sem arriscar nada, sem experimentar algo diferente, nunca. Me diz a verdade: você acha que ele irá suportar?
– Tá brincando. Você pretende contar a ele???

— Ele vai reparar, né? Lógico.

— Não precisa falar nada, mulher! Se você for discreta, ele não vai descobrir.

— Só se eu trocasse de cidade, Rê. Ele vai ficar sabendo no mesmo dia. Você sabe como as fofocas voam.

— Se você pretende fazer essa besteira mesmo, melhor pensar nas consequências. A não ser que ele seja muito bem resolvido.

— Quem é bem resolvido numa hora dessas? Ele vai querer me matar. Vai me chamar de traíra pra baixo. Vai se sentir um lixo de homem.

— Ai, Marilia. Pra que inventar moda a essa altura do campeonato? Claro que às vezes também fico a fim de experimentar uma novidade, quem não fica? Por outro lado, é tão bom não precisar mentir, não ter que criar desculpas... Uma amiga minha fez essa bobagem e conseguiu ser perdoada porque garantiu que tinha acontecido uma vez só, e em Nova York. O cara engoliu, mas a relação está estremecida até hoje, nunca mais foi a mesma.

— Eu sei, eu sei, só que não aguento mais usar o mesmo corte há 17 anos. Estou decidida, Rê. Vou trocar de cabeleireiro. Se me arrepender, assumo as consequências. Não suporto mais ficar refém de uma situação que é cômoda, mas que não me revitaliza.

— Então só posso te desejar boa sorte, amiga. Vou te confessar uma coisa, mas não espalha: eu também adoraria trocar minha manicure por outra novinha que entrou no salão. Me diz se tem cabimento isso. Já troquei de marido três vezes, e não tenho coragem de deixar a Suely.

11 de março de 2012

A mulher e o GPS

Numa mesa de restaurante, um grupo conversava animadamente sobre relacionamentos de longa duração – estavam ali casais que contabilizavam mais de 20 anos de casados – até que uma das mulheres começou a expor as diversas razões que fizeram suas núpcias com o marido durarem tanto tempo. Entre outras coisas, porque eles tinham muitas afinidades, eram muito pacientes um com o outro, gostavam de viajar juntos, prezavam a família, tinham os mesmos sonhos... E ela foi se empolgando, se empolgando. Quando não faltava quase nada para iniciar um relato minucioso sobre os momentos íntimos entre lençóis, o marido, presente à mesa, largou um "Não delira, Vanessa. A gente está junto até hoje porque inventaram o GPS".

Silêncio. Alguém havia entendido a piada?

Deu-se então a explicação. "A Vanessa até que é boa gente (gargalhadas generalizadas), mas eu já não conseguia andar com ela no carro. Era um tal de vira à direita, cuidado que o sinal vai fechar, a próxima rua é contramão, tem uma vaga atrás daquele carro preto, ali, está vendo? Aqui, aqui!!! Falei. Agora quero ver você achar outra vaga. Só entrando na segunda à esquerda para fazer o retorno.

Vocês estão me entendendo? A Vanessa não conversava durante o trajeto, não ouvia a música que estava tocando, não apreciava a paisagem. Confiar no meu senso de orientação, nem pensar. Não sei até hoje se ela me considera capaz de interpretar uma placa de trânsito. Era o tempo todo: entra na próxima, aqui é rua sem saída, por ali a gente vai se perder, não ultrapassa agora porque já já você vai ter que dobrar à direita, por que foi pegar essa avenida movimentada se a rua de trás está sempre livre?

O GPS salvou nosso casamento."

Até a Vanessa começou a rir. No minuto seguinte, os outros homens da mesa estavam reclamando da mesmíssima coisa, todos narrando o seu próprio filme de terror a cada saída com a esposa, inclusive aproveitando para contar exemplos bem recentes – de uma hora atrás – quando saíram de casa para encontrar os amigos naquele restaurante escondido numa ruazinha incógnita da Barra. Se tivessem encontrado um cartório no caminho, teriam parado para se divorciar.

Algumas mulheres não acharam tanta graça, deram uns resmungos, chamaram os maridos de exagerados, mas a Vanessa, desarmada, seguia rindo fácil, rindo à toa, rindo dela mesma, que é a risada mais generosa que há. Foi então que olhou para o marido com tanta cumplicidade e tanta graça, aquele olhar de quem pede desculpas por ser do jeito que é, que ele não teve alternativa a não ser abraçá-la e confidenciar à mesa, assim que as vozes baixaram o volume:

"Não foi só o GPS. Esse sorriso também ajudou".

Dizem que os dois se perderam na volta pra casa, mas aposto que foi de propósito.

15 de abril de 2012

Briga de rua

Estava voltando da minha caminhada habitual, de manhã. Foi então que vi um carro embicado na entrada da garagem de um edifício, com as quatro portas abertas, e antes que eu achasse estranho, comecei a ouvir gritos. Ao lado do carro, uma moça segurava um menino no colo, um garoto de uns quatro anos que chorava muito. Chorava de medo e susto: sua mãe berrava com seu pai. Um pai igualmente descontrolado que a impedia de entrar no prédio com a criança. O que havia acontecido? Não sei, não os conheço, não consigo imaginar o que motivou esse barraco, só sei que fiquei em choque diante da cena: uma mulher no auge da sua fúria, histérica, ordenando que aquele homem desaparecesse, que sumisse, e o homem chorando e ao mesmo tempo segurando-a pelo braço, até que ela se desvencilhou e deu um tapão na cara dele, e outro, e a criança no colo apavorada, e eu parada a poucos metros de distância, sem saber se acudia, se fugia, sem um celular para chamar alguém – vá que ele esteja armado? Aquilo poderia terminar em tragédia. A gritaria dos personagens de Avenida Brasil, em comparação, pareceria um coral de querubins.

Com a ingenuidade que me é característica, cheguei a pedir, parem com isso, conversem depois, olhem as crianças, e foi então que me dei conta de que elas estavam mesmo no plural, havia outra criança presa a uma cadeirinha dentro do carro, uma menina de não mais que dois anos, que chorava também. A essa altura outros transeuntes pararam, circundamos o casal, mas todos sem ação, imobilizados pelo ditado "em briga de marido e mulher não se mete a colher", mas não se mete mesmo? Uma senhora tentou tirar o menino do colo da mãe para que ele não recebesse um safanão sem querer, mas o menino, lógico, esticou os braços e quis voltar, a despeito de todos os riscos que nem sabia que estava correndo, e o que mais me impressionava nem era aquele homem desfigurado, impedindo a passagem dela, nem o menino que chorava diante de uma cena que jamais irá esquecer, mas a mulher, a mulher que não chorava, e sim berrava "NÃO TOCA EM MIM!", berrava "SAI DA MINHA FRENTE!", berrava e batia naquele homem que era duas vezes o seu tamanho, berrava de uma maneira surtada, assustadora, com uma voz que nem parecia vir dela, mas da fera que a habitava, berrava com uma raiva e um tormento que não podia ser maior. Ela havia chegado ao seu limite, dali em diante ela iria matá-lo, se matá-lo fosse possível.

 Foi então que entendi como acontecem esses crimes passionais que ocorrem longe dos nossos olhos, entre quatro paredes: por algum motivo, um homem ou uma mulher, ou ambos, tornam-se irracionais. Não se escutam, não conversam, não preservam os filhos, não percebem o entorno, viram dois selvagens, até que um deles escape ou morra.

 Ela escapou. Um rapaz interveio, segurou o homem, e ela entrou no prédio com as duas crianças. Perdida a batalha, ele ficou socando o chão, fora de si. Tudo isso numa das avenidas mais movimentadas da cidade, às 11 horas da manhã. Voltei para casa arrasada. Tenho o estômago fraco para a estupidez e para a brutalidade, descontroles emocionais me parecem terrivelmente ameaçadores. Nunca saberei quem era a real vítima da história, quem estava com a razão, e não estranharia se hoje os encontrasse de mãos dadas, com as pazes feitas, que isso é mais comum do que se pensa. Mas a violência do ato existiu, e foi testemunhada por duas crianças.

Na verdade, por três crianças. O mundo adulto, ali, me fechava as portas.

2 de maio de 2012

Apegos

Dizem alguns filósofos: o apego é a causa de todas as nossas dores emocionais. Concordo, mas faço ressalvas. O apego também provoca inúmeras alegrias e satisfações. Não faz sentido evitar filhos, paixões e amizades a fim de se proteger de tristezas, preocupações e frustrações. Passar uma vida inteira desapegada das pessoas seria entregar-se ao vazio existencial – e nunca ouvi dizer que isso gerasse bem-estar. Desapegar-se em troca de paz é uma falácia, só demonstra covardia de viver.

Não haveria um caminho do meio? Xeretando ainda mais os livros de filosofia, encontrei algo do romeno Cioran que me pareceu chegar bem perto de uma saída para o impasse. Diz ele que a única forma de viver sem drama é suportar os defeitos dos demais sem pretender que sejam corrigidos.

Eis aí uma fórmula bem razoável para não se estressar. Continue apegando-se, mas mantenha 100% de tolerância com todos. Em tese, é perfeito.

Em menos de poucos segundos, consigo listar tudo o que me incomoda nas pessoas que mais amo. Conseguiria listar também o que me faz amá-las, é claro, mas o ser humano veio com um chip do contra: os defeitos dos outros sempre parecem mais significativos do que suas qualidades. Depois de um longo tempo de convívio, aquilo que nos exaspera torna-se mais relevante do que aquilo que nos extasia.

Pois a recomendação é: exaspere-se, se quiser, mas saiba que não vai adiantar. Nada do que você disser, nenhuma cobrança, nenhum discurso, nenhuma chantagem, nenhuma novena, nada fará com que os defeitos do seu pai, da sua mãe, do seu marido, da sua mulher ou dos seus filhos desapareçam num passe de mágica. Assim como os seus também jamais evaporarão, por mais que os outros rezem e supliquem pra você deixar de ser tão .... (preencha os pontinhos). Você é capaz de reconhecer seu defeito mais insuportável?

Só mesmo passando uma longa temporada num mosteiro do Tibete para desenvolver a capacidade de aceitar tudo o que nos tira do sério. Seu filho indiferente, seu marido pão-duro, sua mãe mal-humorada, sua amiga carente, seu chefe durão, seu zelador folgado, sua irmã fofoqueira, seu colega chatonildo – imagine que paraíso se pudéssemos relevar essas e tantas outras diferenças, comungando com os defeitos alheios sem nunca mais esperar que os outros mudem. Deixar de esperar é uma libertação.

Pois não espere mesmo: ninguém mudará nem um bocadinho. Nem você, nem aqueles que você tanto ama, por mais que você pense que seria fácil alguém deixar de ser ranzinza, orgulhoso ou o que for. Aceite todos como são e aleluia: drama, nunca mais. Se conseguir, tem um troféu esperando por você, além de prêmio em dinheiro e uma foto autografada do Buda.

27 de março de 2013

IMPRESSÃO:

Santa Maria - RS - Fone/Fax: (55) 3220.4500
www.pallotti.com.br